網路小
Novel@N
105

FZR女孩

網夢達人

穹風 著

妳是我心裡一抹最美的藍，流轉瞬逝如光一般的
突如其來地填滿了我所有的空
「幸福」是當現實世界壓得人透不過氣
妳接過一碗我為妳泡的麵，如此簡單而純
即使它只能如此短暫，儘管後來只剩一首我為妳寫的〈愛太美
也許我們再到不了那個天很藍、海很藍，連風都很藍的遠
但我會牢牢記得，那首我們四手聯彈的藍色樂

【推·薦·序】

我來推薦摩托車

我是說真的，我三更半夜不睡覺在寫這篇推薦序，其實不是替穹風推他的小說，而是在推我大學時期非常迷的一部摩托車，叫作FZR。FZR是由YAMAHA生產的一五〇C.C.的重型機車，擁有帥氣的外型和漂亮的顏色，迷人的曲線和超低的風阻，很輕的油門和不是很輕的車重，還有隨時可能會燙到自己的排氣管。

我為了FZR，甘願背債背一年，就是為了把FZR騎回家。

當我騎著我的小JOG到一家機車行，看著那部光鮮的FZR流口水時，老闆走了出來，問我是不是要修機車。

我說：「不是，我是來看FZR的。」

老闆問：「你想買嗎？」

我說：「非常想。」

老闆指著我的小JOG說：「用你這台當頭款，今天就能把FZR騎回家了。」

這個老闆超會做生意，他在自家店門口把我的小JOG和我的意志力給秒殺了，在那前一晚，我甚至才剛告訴自己，我要存點錢好準備考研究所。

那天我真的就把ＦＺＲ騎回家了，我的研究所頓時被我騎在屁股下面。我感覺到那天傍晚的夕陽淡淡，清風陣陣，像是有人打翻了十噸香水一樣，台中市的街道處處飄滿香氣，定神一聞，原來是我的ＦＺＲ的味道，香到一個無以復加。

但是，慘絕人寰的是，一個月之後，我的ＦＺＲ就被幹走了，被幹走了我還是得付錢，於是我一共付了十二個月的五千元，才把ＦＺＲ的貸款還完。回頭想想，我等於賠了一部小JOG外加一部ＦＺＲ，而我只爽了一個月。

這件事情的陰影一直留在我心裡，直到幾年前，有個叫穹風的傢伙在ＢＢＳ的故事連線板上寫了一部小說，叫作〈ＦＺＲ女孩〉，我都還對我的ＦＺＲ念念不忘。

穹風的這篇小說之所以吸引了我的注意，完全是因為我想看看這個騎ＦＺＲ的女孩子是不是就是那個幹走我的車子的臭女人。

我真的花了一晚上把〈ＦＺＲ女孩〉看完了，結果發現她騎的ＦＺＲ跟我的不一樣，於是我很傷心地打電話給我的編輯如玉，告訴她，我想起了幾年前被幹走的ＦＺＲ，心裡非常難過，順帶問一句，能不能晚幾個月交稿？我必須去走走散散心，畢竟帶著不好的情緒趕稿是一件不好的事，對讀者也不好交代。

不過以上的屁話如玉僅僅花不到一秒鐘的時間就識破了，她看出我只是在找理由逃避月底就要交稿的命運，但她並沒有很直接地戳破我的詭計，只是非常溫柔地說：「這麼可憐啊？這樣吧，我去幫你看看這篇FZR，如果我覺得那是你以前被幹走的那輛，那我再幫你報警，好嗎？」

這麼好的編輯要去哪裡找呢？頓時我滿臉鼻涕眼淚到處亂噴，一種人間處處有溫情的感覺直衝我的腦門，我語帶哽咽地說了一聲謝謝就掛掉電話……

然後我就乖乖地坐到電腦前趕稿（心裡有沒有罵髒話我忘了）。

結果那種人間處處有溫情的感覺持續沒多久，過沒幾個星期，我打電話給如玉，想問她有沒有一種熟悉感，覺得那就是我當年被幹走的FZR。不料她卻說那一點都不像是我的FZR，還不停地誇獎這個作者，說他寫得非常好，真是有大將之風。

「什麼鬼！不是要幫我報警嗎？怎麼會變這樣？大將之風？這是什麼東西？能吃嗎？」這是我當時的反應。

然後又過了沒多久，這個叫作穹風的傢伙居然出書了（我確定我有罵髒話了）！

我的天啊，這到底是怎麼回事？我趕緊打電話給如玉想問個清楚，結果如玉說她看完〈FZR女孩〉，心裡一整個感動。她說看完的那天晚上，窗外似乎出現了天使，有一道金色的光柱筆直地照著她，讓她覺得這真是一部天上掉下來的小說，連天使都想來一探究竟。

屁啦！什麼金色的光柱？那是天上掉下來的大便！

「妳怎麼不覺得那是妳陽壽將近，準備被接引西天呢？」我扁著眼睛，酸溜溜地說。

「月底到了耶，你的稿子呢？」如玉沒有直接回答我，只是語氣沒有任何抑揚頓挫地問了我這麼一句。

然後我就乖乖地坐到電腦前趕稿。那時我出的那本書叫什麼名字我忘了，我只記得我心裡還在為我那部被幹走的FZR哀悼，所以我在書裡面把一個角色寫死了，以弔慰我FZR的在天之靈。

事隔多年，想不到穹風這傢伙在這麼久之後才要出《FZR女孩》，再一次挑起我痛苦的回憶。挑起這個回憶就算了，某天跟他一起在金山某家溫泉會館泡溫泉的時候，他還落井下石地邀請我為他的《FZR女孩》寫推薦序？

我差點沒把他的頭壓到溫泉裡去淹死他。

我咧！氣煞我也！我光是為我自己的FZR難過都來不及了，還為你寫什麼推薦序？

不過，在出版業這一行都已經這麼多年了，我的心地善良如天上神佛一般悲天憫人的情懷在業界也是出名的，我只好壓抑心底的痛苦，點頭答應為他寫推薦序。不過就在我點頭的同時……

穹風在溫泉裡放了一個屁，那個泡泡有棒球那麼大顆！

因為我的心地善良有如天上神佛一般悲天憫人的情懷，所以他放屁之後我只是罵了一聲幹就原諒他了。

我以上所言全部屬實，如有你覺得有半點虛假想求證的話，可以撥電話到二八八二五二五二，會接電話的人叫作達美樂，你可以叫一份披薩慢慢吃，然後仔細地想一想我到底有哪一段是唬爛的。

好了，我寫完推薦序了，現在的時間是凌晨五點二十一分，我終於可以上床去睡覺了。什麼？這份推薦序完全沒有推薦到《FZR女孩》？拜託！我已經用我過去丟車的血淚史來替這部《FZR女孩》加分了，怎麼會沒推薦到呢？

不管啦，就是這樣了。

吳子雲（藤井樹）于台北某凌晨

我們永遠不能預料未來，是吧？
誰知道下個十字路口飄落的是怎樣的青春呢？
但最美的總不是風景，而是一起走過風景的妳。

摘一葉勾住思念的月，佐斷續幾道憂傷的和弦，
我在這兒。盼妳到來。

1

你永遠不能預料人生那些紛紛擾擾的事情裡，其前因後果之間、否泰相雜之際，究竟隱藏著什麼樣肉眼不能見、詭譎難逆料的關係。這樣的複雜，替人生帶來了許多驚奇與困頓，但同時也賜予了幸福與趣味。端看每個人自己的觀點而已。

打個比方說，接下來我要舉的這個發生在藝術街上的例子，在身爲當事人的我眼中，就是屬於充滿驚慌錯愕與畏懼的人間慘劇；但站在貓咪的角度看來，則簡直就是一齣爆笑好戲。

容我慢慢說起，這故事要從暑假前開始鋪陳，那時我是大學新鮮人，不過「新鮮人」其實一點也不新鮮，因爲每年頂著這頭銜在外頭跑的小鬼有十幾萬人，新個屁鮮。

「大一國文」課的教授會在暑假後繼續擔任「文學批評」的任課老師，因此他丟下個跨學年的題目，要學生們寫寫短篇小說作爲暑假作業，一來取代「大一國文」的期末考，二來剛好是之後「文學批評」的批評範本。

爲了不辜負中文人的道統與美德，整個暑假裡，我獨自躲在宿舍，夙興夜寐地寫著，除了練團時間，幾乎足不出戶，三餐就由貓咪代我張羅，有時是御飯糰，有時是永和豆漿，但也有時他會說他忘了，然後就給我一包過期的統一脆麵果腹。

我深信唯有在克難而煎熬的環境下，才能淬鍊出眞正的文學作品。果不其然，小說讓我得到全班最高分，開學後的「文學批評」課中，教授深深讚許，認爲在下頗有寫作的潛力。在評完分後，我將那篇手寫稿的小說拿回宿舍來。因國文造詣低落而只好念工學院的貓咪在我詳細解說後，終於看懂了稿子，然後當著我的面，把稿子撕成四半，丟在地上。

「你在做什麼？」斗室裡，我驚惶尖叫，急忙搶救。

「這話該我來問才對吧？」他穿著藍白脫鞋的左腳踩住了其中一張碎片，瞪眼問我。「徐雋哲，這個暑假你白吃白喝了老子多少錢，結果寫出這種玩意兒，然後你們老師還給你九十幾分？」

「文學價値你到底懂不懂？」我蹲下來拉起他的腳，撿回那張碎片。

「我只看到你在小說裡寫到，有個叫徐雋哲的男主角，上演了一齣很狗血的芭樂愛情故事。」他一腳把我踹倒，然後用幾乎要把我凌遲的口吻說：「還有另外一個叫作趙偉倫的配角在故事裡到處播種，活像隻發情的小公貓。而這個叫作趙偉倫的人剛好跟我同名同姓耶，好巧是吧？」

關於趙某人，我無法用更多的字眼來形容他。我相信這世界上綽號叫貓咪的人理當不少，但純粹由長相命名的則應該不多。我身邊這隻就是。

「看看，你的敘述一開始就錯了，而且不只是錯了，簡直大有問題。」他一把奪去那幾張碎片，挑出小說開頭的部分，指著說道：「你說這個配角其貌不揚，個子中等，長相平庸，一看就不是個料。」

「不是嗎？」我質疑，「而且剛好突顯出男主角的專情！」

「當然不是。」他很驕傲地撩了一下其實也沒長到哪裡去的長髮。

關於長髮，我很久以來都有個迷思。想當初高中時，我們雖然玩音樂，但頭髮的長度都很普通而正常。上了大學後，貓咪找我到熱音社去鬼混，還跟會計系的阿邦，以及阿邦的妹妹小狐狸組了樂團，此後就開始留起頭髮。但爲什麼玩樂團的人一定要留長頭髮呢？可惜搖滾樂沒有什麼聖經圭臬之類的可供查詢，這問題我始終無解，不過倒是經常在練習或表演時，跟阿邦、貓咪一起甩著我們不怎麼長的長頭髮。音樂程度可能只有六十分，但長髮一甩，氣氛馬上炒到翻過去。

「我們還要一直留長頭髮嗎？」搶回那幾張小說碎片，珍而重之地收好。泡了碗麵，等待的時候，我問他，「洗頭很麻煩，吃麵還會泡到湯。長頭髮到底有什麼意義？我覺得玩團的人也可以理平頭呀，對不對？」

「沒有什麼離經叛道、追求自我或挑戰世俗規矩之類，這種狗屁倒灶的冠冕堂皇。」貓咪驕傲地說：「純粹是因爲很帥而已。」

帥不帥的問題很見仁見智，我一點也不想多予置喙。星期六剛過午後，按照慣例是我抱著閒書，騎著機車到處去找茶店喝茶閱讀的時光。吃完麵後，從架上挑了兩本村上龍的小說，丟進背包裡，我瞥眼看見貓咪已經坐在電腦前，正開著通訊軟體在聊天。

「別忘記晚上要練團，遲到的話阿邦會宰了我們。」我提醒他的同時，湊近電腦螢幕仔細端詳。那隻貓的對話豈只下流二字可以形容，他對一個正爲經痛所苦的女孩不斷鬼扯，說什麼自己出身中醫世家，對於人體經脈與各項病痛的緩解都有所涉獵，關於婦女經痛的問題也略知一二，居然說什麼經痛可藉由性關係的體驗來抑制改善，而且他還有家傳祕方。

「這種話你也說得出口？」我從他後腦摜了一掌，「你老爸明明就是個公車司機，你媽是家庭主婦。我從國小就認識你，十幾年來你曾幾何時看過中醫的書？」

「但是這個學妹不知道呀。」他淫笑著。

要是這種把妹方式有用的話，貓咪就不需要在我的電腦裡塞滿整顆硬碟的色情影片了。不想跟他廢話，我轉身準備出門。

「所以我的小說沒有寫錯嘛，你確實是到處亂播種的種貓。」站在門口，我忽然想起，忍不住又提到那篇小說。但他沒有理會，正在聚精會神地繼續調戲線上那女孩，只在短短的片刻間，他背對著我伸出中指。

我苦笑一下，輕輕帶上房門，而在樓梯間，我忽地又靈機一動。關於貓咪這個人究竟如何，與其跟他脣槍舌戰不休，何不乾脆交給輿論決定呢？雖然現在才二年級，但貓咪在他們電機系已經赫赫有名，該系一向團結，而且活動甚多。據我所知，他們還有個網路空間，任何人都可以在上頭發表文章，藉此作爲該系學生與外校或外系交流的平台，那裡頭的內容從聯誼討論到心情小故事什麼都有，可謂五花八門。如果我心狠手辣點，把這故事發表到那兒去，大家會有什麼反應？

九月夏末，天清氣爽。中台灣臨海不遠的山脈丘陵上有不息的微風陣陣，讓人心曠神怡。發動機車，戴上安全帽，在口罩遮掩住口鼻前，從後照鏡上我看見自己臉上那一抹奸邪的微笑。我可憐那被撕成四片的小說稿紙呀，報仇的機會到了哪！

沒有人可以逆料因果的遷衍，一如我沒想到這之後又之後會造成妳的出現。
而住進我心裡後，妳就不走了。
當闖入妳世界後，我也不走了。

這就是爲什麼現在我會坐在這裡的漫長前因。說過了，一件事的因果關係往往出人意表而且悲喜交雜。那篇小說在電機系的網站上大受歡迎，不少貓咪系上的學生紛紛要求轉載，一時間讓我頗爲自豪，我正信心滿滿地準備寫下一篇故事的同時，也陸續有人到我們系館來打探徐雋哲是何許人也，我跟學校裡幾個讀者接觸過，他們大多客氣而且抱持著景仰的態度，不至於讓人不勝其擾，於是我發現原來在網路上發表小說，其實也可以是另外一種認識新朋友的方式與管道。

但問題就出在這裡：載舟覆舟，總不會每次你遇到的，都是你想遇到的……

「眞的很榮幸能夠跟你見面。」眼前的她輕掩著嘴，發出一陣「咯咯咯」的怪笑聲。這是我第一次在學校外面跟讀者見面，相信也會是這輩子的最後一次。有人在電機系網站看到我發表的小說後，寄了一封信過來。內容大致上是這樣寫的：

一篇小說可以寫下多少人的故事？而這些人是否願意成爲你故事裡的人物？沒想清楚

吧?徐先生。

那封短信我看到這裡時就心裡一突,開始回想自己究竟寫了些什麼。

我不能對你做更多的想像,因為你已讓我太過心傷,那充滿無奈的滋味豈是你能體會?而我又如何抑止閱讀閣下大作時,這當下的激憤?

然後我是眞的想不出來了,到底無意間我在小說裡造成了對誰的傷害?按理說被我寫得最難看的應該就是貓咪了,而他也不過罰我請他吃頓麥當勞而已。因此,我決定接受這個「被害者」的邀請,這位苦主在信件的最後寫著:

見個面吧,請許我一個見到你的面,向你索求些微公道的機會。

索求公道?那其實就是現在我最想做的,當我跟眼前這位胖姊姊面對面而坐時。藝術街上,幽靜的午後,食不知味的餐飲跟充耳不聞的輕音樂,我整個人都呆著,不知是否該慶幸自己挑了個校外的地點。這兒的好處是逃生方便,我只需要挪動椅子,馬上就可奪門而出,而且不會被學校裡的熟人看見這副狼狽樣;但壞處是如果我倉皇奔走,在藝術街上落荒而逃的話,那以後就再也沒臉來附近喝茶了。

所謂的小說裡的過失傷害根本就是虛晃一招,瞧眼前這位胖姊姊的笑容,絲毫看不出有任何不滿，她甚至還從包包裡拿出幾張影印紙來，上面用五顏六色的西卡紙拼成了令人眼花撩亂的封面，翻開來，看第一行而已，就知道那是我寫的小說。

「可以麻煩你幫我簽個名嗎？」她的笑容不減。

「我覺得這種事情不妨等小弟的稿子蒙受出版社青睞後再說。」哭笑不得，我說：「而且這跟妳約我的理由好像不一樣。」

「等你成爲知名作家，說不定就沒機會跟你這樣面對面地促膝長談了呀，不是嗎？」她順便遞過了筆，還抓著我的手去握筆。「這可是我想了好久，才想到的約你的好理由。」她又「咯咯」一笑，完全沒留意到我被她握住的那隻手正顫抖得厲害，還說：「雖然說緣分是上天的安排，但我們也應該盡點力，費點心思的，對吧？」

已經分辨不出自己現在到底有多少種感受參雜在一起了，我覺得很生氣，因爲她讓我白擔了好幾天的心，結果換來的卻是這種被誆的局面；我也覺得很開心，居然有人把我的小說印出來，還要請我簽名；而現在最最主要的，是我開始有點害怕，因爲胖姊姊喜出望外地監視著我簽完名，然後就說：「待會有沒有空？我想，如果可以換個比較安靜的地方，那我們應該有更多的時間與空間，去更認識彼此，對吧？」

我環顧一下四周，「這裡已經很安靜了不是？」說話時我聽見自己聲音裡的顫抖。

「人家是說……可以獨處的地方啦！咯咯咯……」她居然在我面前掩嘴笑了，不過再怎麼掩，也掩不住她笑起來時，臉上那一圈圈肉的振動，當然更掩不住我臉上神經的抽搐。

人生的遭遇眞是有趣哪！我不禁感嘆著。當我看見穿著火紅色緊身小洋裝的胖姊姊，踩著因爲鮮紅色高跟鞋而不穩的腳步，抖動著那一層層的脂肪，端著她還嫌不夠甜的麥芽奶茶，朝櫃檯走過去，請他們再加糖時，心中一邊這樣感慨，同時也傳了一封手機訊息出去。貓咪知道今天我來赴這個約，擔心我遭人殺害，因此他就在藝術街底的唱片行待命著，隨時可以過來支援。

「你相信宿命嗎？」忽然，胖姊姊「親切」的笑聲出現在耳邊，她的手按住了我的肩頭，頗有深意地朝我一笑，然後落座。

「信，非常相信。」我聽見自己嚥口水的聲音。

「那你認爲人應該順著宿命所安排的腳步，坦然去接受它嗎？」她又問我。

「應該，非常應該。」我聽見自己差點哽咽的聲音。

「你知道嗎？當我在網路上看見你的小說時，我就知道了。」她興奮地攀在桌邊，用尖尖細細的聲音笑著說：「我就知道宿命是怎樣爲我們安排的了！」

我好感謝這家店，他們的桌子眞是大張得可以。

所以我下了一個決定，這決定在我有生以來這二十年裡從未有過，我決定了，就是現在，我要拋棄一個男人該有的勇氣與尊嚴，我，我要，我要逃走。

是的，逃走。

胖姊姊又站了起來，她要先去上個廁所，然後到櫃檯去拿回那杯加了雙倍糖的奶茶，而我則趁這時候，把桌上的手機跟香菸塞回口袋裡，就在她走進廁所的同時，也站起了身。

只有短短的幾十秒而已，我拿著帳單跑到櫃檯邊，直接掏出五百元，還用很小的音量跟櫃檯小姐說不用找了。接著我轉身，盡量讓自己不要顯得太過倉皇，推開門的瞬間，外頭陽光耀眼，彷彿就是另外一個世界。預估也該是貓咪抵達的時間了，我兩步跳到路中央，轉頭張望，果然就看見一輛FZR機車從下坡處發出低鳴聲，朝我飛馳過來。那當下我如獲救星，急忙對他揮手。

機車來得好快，不過也快得未免有點誇張，難道貓咪打算叫我用跳的上車嗎？我本能地往路邊站一點，然後猛力對他揮手。而揮手的同時還不忘朝咖啡店裡看一下，胖姊姊還沒出來。

那輛車的引擎聲比以往大了點，但我沒有感到任何異狀，手又揮了幾下，忽然心中一愣，貓咪的安全帽是白色的，而眼前這輛FZR的駕駛人，安全帽卻是黑色的，原本裝在車上的整流罩也不見了。

難道我認錯人？直覺告訴我不可能，這年頭幾乎已經沒有人騎FZR了，而且車子還是藍白兩色的，我敢打包票，這種顏色的FZR在台中市絕對不會超過五輛，那肯定是貓咪沒錯！沒有整流罩又怎樣？貓咪那種喜歡亂改車的人，哪天騎出門時，搞不好車子連輪胎都沒有也說不定。所以我決定不顧一切把它擋下來。就在車子快要經過時，我往路中間跳了出去，雙腿岔開，兩手平舉，硬生生讓FZR緊急煞車，但它還是差點輾到我的腳。

不過這一瞬間我就呆了。因爲那個騎車的駕駛人，在黑色安全帽後面，有長長的頭髮垂了下來，這長髮的長度，比我跟貓咪的長髮要長得太多了。

「你想搭便車也不用這樣吧？」那個騎車的人拿下了安全帽，用明亮的大眼睛瞪著我，口氣超不爽的，她說：「如果你想搭便車，那抱歉我只有一頂安全帽，而且我不想載你；如果你想自殺，那請你到外面的中港路去，那裡車子的車速比較快。」

我相信宿命的安排。妳呢，FZR女孩？

3

我曾花了很多時間去思考，究竟自己心中那個完美的女孩該具有怎樣的外型條件。這些形象的建構，大多來自於小說。我是這樣認爲的：一個最完美的典型，應該要有過肩的長髮、靈性的雙眼、薄而細的雙唇，皮膚最好是可以白一點，至於個性則應該是冷漠中蘊藏著熱情。這樣的人物我看了好多書之後才找到，她就是金庸武俠小說裡的小龍女。

「你就是這樣才會當了二十年處男。」但是貓咪一句話就毀了我的夢想。

確實如此，直到昨天爲止，我始終都以爲這個完美典範只能存在於小說裡，現實中恐怕永遠不可覓得。但昨天下午我知道其實這不是夢，絕對是有可能的。因爲我在那女孩摘下安全帽的瞬間，就確定了。

「典型哪，就跟音樂一樣。」貓咪坐在工作室的角落，一邊調音，一邊說：「你愈執著於一種音樂類型，就愈是無法聽到其他好聽的歌。」

「所以你就在我的電腦硬碟裡塞滿各式各樣的女優？」我還在抄譜，幾乎沒時間跟他囉嗦。

「至少我把每個女優的身材都看得很透徹，一覽無遺，而你卻連人家叫什麼名字都不知道，還差點被她撞死。」他冷笑。

說到這個我就覺得很失敗。昨天下午，那個騎著FZR的女孩對我投以不屑與厭惡的眼光後，冷冷地叫我走開，然後就這麼揚長而去。我只好憋著一肚子委屈，又帶著對胖姊姊的滿心畏懼，拔腿開始往藝術街的坡道下面跑，結果那隻蠢貓還在唱片行裡試聽音樂，壓根兒就沒看到我的求救簡訊。

難得一天阿邦遲到，進來時的臉色很臭，後面是他妹妹小狐狸。阿邦這人很具傳奇性，他姓胡，老家在台南，從小就學打鼓，對節奏感有莫名其妙的敏感性，以前就讀台南一中時，還是管樂隊鼓手。可是高中甫畢業，工作不到一年就提前當兵，退伍後整天打鼓，而除了打鼓則沒有任何其他專長，什麼工作也都做得不投入。爲了逃開他老爸整日價響、不絕於耳的囉唆，後來居然跟小他好幾歲的妹妹一起參加入學考試，結果雙雙錄取，現在兩個人是隔壁班同學，他雖然大我幾歲，但卻晚我跟貓咪一屆，才一年級而已。

「怎麼了？」看著橫眉豎目的阿邦，我愣了一下。

「你問她。」回頭瞪了妹妹一眼，阿邦頭也不回地走到鼓邊，開始調整他自己的東西。

噤若寒蟬，我跟貓咪都不敢多說話，反正這對兄妹永遠有吵不完的架。阿邦是個對音樂非常認眞執著的人，不允許有任何一點失誤或苟且，於是個性懶散的小狐狸則理所當然地成爲她哥哥的頭號箭靶。

「沒事吧？」我問小狐狸，不過她還來不及說話，阿邦就先用惡狠狠的口氣替她回答了。「她沒事，怎麼會有事？一點事也不會有的，她只是歌詞到現在還背不起來，拍子也沒算清楚，連你交給她的功課都沒做好而已。」

我聳肩，不知該說啥好。工作室裡彌漫著一股詭異的氣氛，這兒是阿邦他老爸提供的場地，胡爸爸以前非常反對兒子打鼓，但在阿邦指天立誓，一定會拿到大學文憑，也拿到幾個音樂比賽的獎項，誓言會搞出個名堂後，不但得到家人的支持，甚至還讓他老爸心甘情願掏錢出來，把他們台中的舊家改建爲音樂工作室。

「再這樣下去，我老頭很快就會把房子要回去了。」練了兩個小時，情況並不順利。大家早已厭倦了拷貝歌曲，而現在阿邦跟我都能寫歌，主弦律出來後，四個人再一起共同編曲。但今天狀況很不好，我們老是抓不到歌曲的感覺，練了半天也沒進度。

楚囚對泣般，坐在地上，我沒說話。這兒長期缺乏打掃與管理，到處都是灰塵跟蜘蛛網，不過反正沒人在意。阿邦垂頭喪氣地看了正在調整麥克風架的小狐狸一眼，又嘆口氣。我知道他的感覺，但也無法多說什麼。這個樂團是阿邦組起來的，但長久以來，我們都沒有找到適合的主唱，小狐狸的嗓音雖然高亢與低沉並俱，但就是唱得不認眞，而這也怪不得她，畢竟她今年才大一，正是要開始體驗大學生活的時候，怎麼可能花費那麼多心思跟我們三個玩團？

「你有什麼看法？」忽然，阿邦問我。搖頭，沒說話，只能陪他也嘆口氣。

工作室位在中興大學附近，是一幢老房子的地下室，屬於台中市的南區。這兒離我們學校其實頗遠，每週兩天晚上都要大老遠跋涉而來，有時是貓咪騎著他的FZR載我，但通常則是我到市區閒晃後，直接到這邊集合。

收拾完傢伙，確定電源關閉，我們習慣了在工作室擺一把練習用的樂器，這樣可以省事很多。今天我搭貓咪的便車來，原以為這樣低氣壓的團練時間結束後，可以早早回家休息的，沒想到他居然說待會還有節目，載著我就往市中心跑。

『FZR俱樂部』？」我一頭霧水。

「其實就是車友會啦。」貓咪告訴我，FZR這個已經停產的車款，在台灣打檔車的世界裡還有著重要的歷史地位，儘管零組件大多都已缺貨，但還有不少車迷要前仆後繼地購買中古車，甚至組成這個俱樂部。

「不過其實也沒幹麼，大部分是交換一些車子的情報，或交換車子的零組件，達到供需的效果而已。」他說著，但我渾沒注意，因為腦海裡都還裝滿著小狐狸含著強忍的眼淚，坐上機車後座，而阿邦面若寒霜地發動引擎離開時的畫面。

今晚編的是一首帶著憂傷的歌，而困難處在於中板的速度，這種歌唱得哀戚也不是，要唱得惆悵也怪，小狐狸反覆幾次都沒能表現得很好，甚至還有忘詞的情況，讓阿邦差點氣死。

「到底有沒有在聽我講話？」車子不知何時停下的，貓咪用手肘撞了我一下。

「關我屁事呀，我又不騎這種車。」嫌他煩，打了個哈欠，我跳下車。

「你知道打檔車跟搖滾樂之間的關係嗎？一個稱職的吉他手一定要有一部像樣的打檔車，就算買不起哈雷，也應該弄部野狼，像你這種還在騎小綿羊的，你好意思跟人家說你是吉他手？」貓咪慢條斯理地拔下安全帽，叼了根菸在嘴邊，又說：「男人是一種生來就應該豪邁的動物，我們要有敏銳的直覺，也要具備強大的行動力。一部好的打檔車，正好可以滿足你身為一個男人最基本的需求，我跟你說……」

他的話根本沒鑽進我耳朵裡，事實上我一點也不覺得玩樂團的人非得騎打檔車不可，而且就實際面考量，吉他手除了要背一把很重的電吉他，還得帶上一組重得要命的效果器，打檔車的置物空間那麼小，根本就不方便。

所以我聽都懶得聽他說，一下車，我立刻又分神了，今晚不知怎麼搞的，常常心神不寧，練團前就感覺今晚不會太順利，過程中小狐狸狀況連連，我的吉他也失誤不少，阿邦雖然沒對我發作，可我自己心知肚明，只是一直找不到原因。但現在我知道了，原來這就是上天的安排，祂讓最關鍵的答案在一天即將結束之前，才用極短暫的瞬間呈現出來。我剛拔下安全帽，就看見整排FZR機車停在路邊轉角一家PUB的店門前，五顏六色都有，每一部都改裝得不太相像，有些甚至看不出來那是FZR了。看來看去，就是沒有跟我們一樣的。而轉角的那邊，剛剛以迅雷不及掩耳的速度，也衝出了一部FZR，快速掠過我們眼前。只是時間雖短，但我卻看得很清楚，那是藍色爲底的車身，貓咪說過，這種顏色的FZR在台中市不會超過五輛。騎車的人戴著黑色安全帽，路燈明晃，清楚地映出她隨風飛舞的長髮。

八萬六千三百五十五秒的茫然過後，留下見到妳時喜悅的五秒，一天也就夠了。

所以我會這樣思考著：當初寫那篇小說是不是正確的決定？那篇短短不過數千字的小說，因爲把貓咪給寫了進去，所以讓它在電機系上爆紅，隨之而來的是短暫的虛榮感，但緊接著這份虛榮就被藝術街上對我「咯咯」而笑的胖姊姊給破壞殆盡。而就在我開始覺得寫故事其實不是一件好事時，忽然一陣風就這麼吹開了陰霾的天空，雲開月明時，我滿腦子想的都是那個長髮飄飄、雙眼水靈的女孩。只是沒有名字。

於是我努力地想忘了她，因爲這城市是全台灣第三大城，人口數超過七十萬，還不包含客居的移民人口。妄想在茫茫人海中連續遇見一個陌生人兩次，甚至還得知對方的名字，那簡直是妄想，而且是只出現在網路小說裡的妄想。

不過這跟荒謬巧合層出不窮的網路小說又有一點差別。當我把這些對錯難辨、起伏驟劇的情況做簡單的歸納與分析後，就發現其實也並不怎麼難，甚至還挺有邏輯的。因爲就在不到二十四個小時前，我很合理地再次遇見那個女孩，雖然時間不超過五秒。

「所以我覺得這並不無可能，對吧？」我跟貓咪說：「你們騎一樣的車，當然也可能加入一樣的俱樂部，因爲你會需要的機車零組件，同樣的她也可能會需要，所以我只要再跟你去幾次，也許就能找到她。」

「省省吧，我們俱樂部裡沒有女人。」貓咪正在埋頭苦幹，他拆了牆壁上的插座，從裡頭拉出兩條電線，連接到Bass上。我不太明白他的用意，但反正解釋了我也聽不懂，電機的理論對我而言，跟火星上的岩石屬性一樣陌生。纏了一堆電線後，貓咪叫我幫他打開一個外接式的電源開關。

「休想，我才不要冒這種險。」收拾了書跟筆記本，通通丟進包包裡。趕著要出門，今天我要到市區的樂器行去教吉他，教完課又是屬於我自己的閱讀時光。帶著笑，我很乾脆地拒絕他，然後走下樓。貓咪對電機電子類的發明與改裝有一種莫名其妙的狂熱，任何跟電有關的東西都會讓他產生興趣，進而開始拆裝研究，然後企圖變造。這種類似強迫症的習慣讓我們賃居的宿舍經常發生跳電意外，有時候還會燒了整個變電箱。

我不想死於這種意外，趕緊加快腳步下樓，貓咪那把Bass可是YAMAHA的高級貨，平常不輕易拿出來玩，只有上台表演時才會用到。下星期社團要辦活動，他現在要是把樂器給燒了，阿邦肯定會宰了他。我剛想到這裡，手才打開了樓梯間的燈，就聽見不曉得哪裡傳來「轟」的悶響，然後燈光熄滅，取而代之的是已經儲電完成的緊急照明燈亮了起來，而跟著就是樓上貓咪大罵髒話的聲音。

「智障。」搖頭，我喃喃。

除了小狐狸，我另外還有三個學生，都是年紀略小的高中生，他們的資質平庸，可能再練二十年也難成大器。但那無妨，畢竟教吉他只是打工，而且樂器這種東西，真正的教學時間都很短暫，想進步的話，需要的還是大量練習。

晚上九點半，坐在樂器行附近的茶店裡，我點了根菸，把每個學生的學習進度表填好，然後拿出張大春的《城邦暴力團》。昨晚讀到男主角躲在奇門遁甲陣裡逃避敵人追捕的那一段，正是緊張刺激的時候。

會選擇這兒喝茶是有理由的。平常我總愛獨個兒跑到女中附近的四維街去，那裡茶店甚多，每一家都雅致靜謐，很適合獨坐閱讀。但現在時間已晚，那邊的店家已接近打烊時間，而我也不敢確定貓咪是否已經修好宿舍裡的跳電，所以只好選擇屈就在這距離樂器行不遠，而且通霄營業，但偏偏就是人聲喧鬧，茶又難喝得要死的陌生店裡。

帶位的小姐給了我一個二樓靠窗的日式小包廂。俗不可耐的竹籬間隔了與其他座位區的視線，但卻阻斷不了嘈雜的喧囂。鄰近包廂正在打牌，一個輸了大老二的女孩放聲尖叫，其他人則笑聲如雷，差點沒掀翻了屋頂。嘆口氣，我由衷地希望張大春的小說能力挽狂瀾，把我的注意力好好牢鎖在字裡行間。

「請問要點單了嗎？」結果我剛翻到昨晚停止閱讀的情節點上，馬上就又有干擾。穿著黑色制服，上面還印著店名「寒舍」二字，女孩挑眉，染成金黃的髮色讓我不想多看她一眼。

隨便要了一杯百香綠茶，我低頭繼續閱讀。張大春的文字自有其魔法般的魅力，起初我隱約還聽到鄰近包廂的人語聲喧，但逐漸地，那些音量就開始慢慢減弱，終至如細蠅般讓我過耳不聞，我全身的感知與情緒全都被印成鉛字的故事給吸引了進去，忘了自己身處何方，再不被打擾，也忘了屁股下坐的是有酸臭異味的軟墊，靠著的是被塗鴨畫滿的破爛木桌。

「百香綠。」突然，竹簾又被揭開，服務生採跪姿把飲料送進來。我沒移動視線，只輕微一點頭。那服務生將杯子放下，又說了一句「慢用」，然後退了出去。

而就在竹簾又被放下的瞬間，我忽然觸電般全身一震，原本在文字裡飛快掃著的目光頓時卡住，腦海裡全是剛剛送飲料進來時，那服務生的口音，簡直像極了某人。

我知道事情沒這麼簡單，但也不該過分離奇至此。所以我探頭出竹簾外，只可惜張望了一下，卻什麼也沒有。是聽錯了吧？我告訴自己，人在不專心的情形下，經常會產生錯覺，我可能潛意識裡太渴望再見到她，所以才在這當下反應過度。

喝了一口難喝的飲料，準備繼續閱讀，只是這一回張大春的魔法失效了，外面的喧嘩不斷鑽進耳裡，包廂裡紛雜噁心的怪味也嚴重干擾嗅覺，弄得我心神不寧，最後只好闔上書本，我決定放棄，乾脆走人。

這家茶店的櫃檯在一樓靠近門口處，二樓則規畫成一間間的小包廂。踩著吱嘎作響的腐爛木梯，我走到櫃檯邊結帳，又是那個一頭金髮的服務生。

「剛剛是妳幫我送飲料的嗎？」掏錢時，我心念一動地問她。

「不是。」她頭也不抬一下，接過我遞出的鈔票，問我怎麼了。

「沒事。」我躊躇了一下，「剛剛我沒仔細看，但送飲料的那女生，聲音聽起來好像我一個朋友。」

「那你要明天才能來確認了喔，因爲她剛下班。」說著，金髮女孩手指向店門外，我順著方向看過去，一個女孩剛把機車騎下人行道，不是FZR，機車轉彎離去。那背影看來眼熟，而更刺激我腎上腺素的，則是黑色安全帽。

「那是她的機車嗎？」我皺眉，回頭問金髮妹。

「如果你連她的機車是哪一輛都不知道，那你算是她哪門子的朋友？」結果金髮妹回得很快，話語裡還帶著一副遇見詐騙集團的口氣。

人生無常，但命運總有祂的安排。我不躲。好嗎，妳也不躲？

5

「人類因爲有追求更好生活品質的理念，所以才顯得與其他生物不同，飛機跟太空梭就是這樣被製造出來的。」昨晚很晚了，我回到家時，貓咪那把高貴的Bass就丟在地上，中間拾音器的地方燒黑一塊，看來果然發生意外。中午吃飯時，我跟他約略提了昨晚在寒舍遇見疑似FZR女孩的事，也聊到他的發明工程，而他這樣回答。

「飛機跟太空梭分兩種，」我說：「順利飛上去的，跟不幸掉下來的。」

「我倒覺得你掉下來的機率比我高很多。」他瞄了我一眼。

這話不假。認識貓咪已經超過十年，我們兩個談過的戀愛次數加起來卻不超過十次，而且沒一次有好下場。

一邊吃飯，貓咪一邊還在玩些小東西，他把一顆指甲片大的水銀電池裝在一個玫瑰型的墜子裡，然後用其他飾品串成項鍊，說通電後就會發出璀璨的紫紅色光芒，他要把這條充滿危機的項鍊送給英文系一個原住民女孩。我總是習慣不置可否，反正他這種把戲已經讓人司空見慣，況且現在充斥我腦海的，是更重要的另一件事。

今晚的包包裡東西不多，除了幾本樂理書，我一本小說也沒有。張大春的魔幻寫實居然脆弱得不堪一擊，我下午出門前對《城邦暴力團》絲毫提不起興趣，直接把它扔在床頭。今晚用不著它。

小狐狸的樂理一級爛，教了半天還是搞不懂轉調的基本道理，她永遠卡在半度音的地方腦筋轉不過來。隔壁教室裡的阿邦也在教學生，偶爾過來關切時，臉上永遠是陰沉沉想把他妹生吞活剝的猙獰表情。

好不容易挨到下課，我收了東西就往寒舍跑。風有點冷，天空還飄著細雨。站在對面馬路邊，我停下機車，眼睛直盯著店裡頭看。

不早也不晚，夜間才九點多。雖然枯等是很無聊的事，但我卻不想因爲任何東西而分心閃神，更不想錯過什麼。掛了音樂在耳邊，幾首我們樂團的曲子反覆唱著。

我想我是個善於等待的人。並沒有其他事做，但那也無所謂。一個人坐在機車上，目光近乎呆滯，視線直射向茶店裡，那兒櫃檯的員工忙碌，街上行走的人們也有各自的表情，我感覺自己雖然身處在這城市之中，但卻又好像飄浮在這城市之外。

再過沒幾天又有表演，但我不太需要爲了自己的部分擔憂，不知從什麼時候開始，音樂幾乎成了我生命中的一切，雖然不像阿邦那樣要求嚴謹，但至少我跟貓咪的水準還讓他沒太多好挑剔的。這幾年來組過很多次團，現在的這個組合是我們最滿意的。聽著音樂，我用手指跟上節拍，無意識地打著拍子。

昨晚從進店裡到離開，大約看了一個小時的書，今天等待的時間也差不多。我不想再進去碰釘子，所以在這兒窩著也一樣。

果不其然，大約幾十分鐘過去後，陸續有幾個身穿黑色上衣制服的店員走了出來，我想大概已經到了他們的交班時間。睜大眼睛，我看見一群工讀生當中，有個長髮過肩，個子很瘦削的女孩，在她旁邊一起走著的則是昨晚的金髮妹。

是她嗎？相隔對街，又是夜晚，我不怎麼敢確定。她們一起走到店外，就在人行道邊上了各自的機車，不過卻沒急著離開，兩個人不知聊些什麼，金髮妹笑得很大聲，還點了一根香菸；長髮女孩則始終笑著聽著，不常開口。對街那兩人一直等到金髮妹的菸抽完了，這才各自戴上安全帽。

我產生了一點懷疑。因爲長髮女孩騎的不是FZR，而是一般的機車，再加上距離的緣故，所以我看不清她的長相。不過這當下已經別無選擇，眼見她發動引擎，直接把車騎下人行道，我決定立刻跟上。

女孩沒有紮起馬尾的髮，迎著絕對超過速限的晚風在飛揚著。夜間的台中市依舊人車甚多，從火車站附近往北屯跑，我不知道她住在哪裡，也不知道這樣一路要跟到什麼時候，不過我就是想知道眼前這個穿著一身黑，騎著黑色的機車，在夜空中破風而馳的女孩，是否就是我認為的那個人。

稍微落後她一些，我的機車畢竟老舊了，一路跟到孔廟附近，小迪奧的運轉聲有些不靈便，我暗自祈禱，但願車子別在這裡拋錨，否則可就功虧一簣了。所幸，才剛過孔廟不遠，女孩的機車一個轉彎，繞往中友百貨的方向。而就在我要煩惱著她一旦進入中友商圈附近，就很可能跟丟的同時，她卻又忽然壓低車身，轉進了路邊的社區巷道裡。

我在巷口停車。這裡幾棟黃褐色的國宅公寓，圍成一座老社區，我曾經經過幾次，知道這社區叫作莒光新城，聽說更早以前還是老眷村。黑色機車鑽進去的巷子似乎是條死巷，所以我不敢再追，以免出不來時反而尷尬。坐在車上，車子也沒熄火，我聽著小迪奧艱難的喘息聲，抬頭往上看，靠著巷子的一棟大樓，上面燈光有明有暗，我不知道那女孩是否住在這裡，而又是哪一間，只好望之興嘆。

人生就是這樣，會經常為了一些沒有理由的事而感慨，不知過了多久，我正想嘲笑自己的荒謬，順便掉頭回家時，卻聽到雄沉有力的引擎聲自黑暗的巷子深處傳了出來。FZR？我驚疑了一下，趕緊把機車停著，像個小偷般地縮身在路邊的社區公告欄後面。

而幾乎就在我剛躲好時，明亮刺眼的車燈已經投射過來，引擎聲不大，但低鳴很有威力，感覺上很像貓咪的Bass聲，而且是拍子很穩的四連音。我的胡思亂想還沒結束，藍白色的FZR已經飆過眼前，車頭燈在我眼前畫出流利漂亮的弧線，她幾乎完全不管路上還有沒有車，就這麼飆到對面車道，車身壓得極低，順利完成一個幅度很小的急轉彎，然後我聽見換檔後催緊油門時的運轉聲，下過雨後的黑色路面讓它的車身更加顯眼。第三次，FZR女孩在我面前揚長而去，而我則第三次傻瓜般失魂落魄地站在原地，雙腳像被釘住一樣，動彈不得。

所以昨天晚上我沒聽錯，那是她的聲音。不怎麼尖細，也不太低沉，字正腔圓的，很清楚，也沒什麼特別的腔調。很怪，形容起來像是沒有什麼特色的聲音，不過偏偏就讓我印象深刻。

所以呢？接下來呢？我莫名其妙地知道了她在哪裡打工，也知道她住在哪裡，但我知道這些要幹麼？又能幹麼？正常來說，這似乎不是男生在追求一個女生時所應該先得知的內容，因爲我連她叫什麼名字都不知道，甚至也只清楚地見過她一面，而我們說過的話可能加起來還不到一百個字。

所以我到底在這裡幹麼？這問題我沒想過，現在一時也想不起來。站在路邊，朝著她剛剛飆過去的方向發呆，一時間我竟被自己給困惑住了。而要命的是，這些迷思本來應該帶回家慢慢釐清的，現在我卻待在這兒又癡又迷地不曉得過了多久，以致於當背後明亮的光線照過來時，我一點都沒有察覺，然後，然後，很警戒的語氣，從背後的方向，她問我：「我想我最好報警處理，你看怎麼樣？」

回頭，女孩坐在機車上，車頭的遠光燈映得我看不清楚她的樣子。以手遮眼，我想避開眩目的燈光。而女孩把它切換成近燈時，我第一個看到的，是她手上他媽的好大一支扳手。

我無害，之於妳。相信我。

6

「那條巷子……」我愕然，支支吾吾地指著她背後。

「這不是死巷子。」她說。沒有任何起伏的口氣，臉上表情也沒有鬆懈下來的樣子，女孩看著我，「我繞了一圈從後面回來，果然你還在。」

我覺得無論點頭搖頭都有點怪，只好呆愣在當下。

「你跟蹤我幹什麼？」她又問，說話時那支扳手像在提醒我似地晃了一下。

「我不是跟蹤妳！」一驚，我急忙澄清，不過馬上又覺得矛盾，「是，我是跟蹤妳，但我的目的不是爲了要跟蹤妳……」

有點窘迫，我想把話好好地說清楚，但結果卻只看見她緊握的扳手舉高了起來。

「我的意思是說，跟蹤妳不是我的目的。」

「意思是說你還另有所圖。」她點頭，口氣要多冷就有多冷，「說說看，在我還沒報警之前。」

「我……」要命，我想幹什麼？這問題十分鐘前我才剛開始想，現在該去哪裡找答案？

「換警察來問的話，可能比較容易問出答案，是吧？」她的口氣不善，我看見她另外一隻手已經掏出了手機。

「其實我想跟妳說謝謝。」百般紛亂中，我隨便亂掰了個藉口，但更大的麻煩旋即而來，她問我要來謝什麼。

「這個嘛，」情急智生，我說：「上個星期在藝術街，妳還記得嗎？」

結果她皺眉搖頭，於是我跳了一下，岔開雙腿，高舉雙手，做了一個那天把她攔下來時的動作。很滑稽可笑，完全違背我希望她對我所應該有的印象，但這確實是最能喚醒她記憶的方法，只是同時我也看見了她臉上輕蔑的笑。

「爲什麼要因爲這個而謝我？」然後她又問。

這個女孩有很高度的戒心。看著那支扳手，還有笑意隨即消失，又立刻轉成嚴肅表情的她，我這樣想。

「實不相瞞，那天我遭遇了一些狀況，在慌不擇路的時候，把妳錯認爲我朋友。」我說：「他騎的也是FZR，顏色跟妳的車一樣。」

「哦？」聽到一樣的機車，似乎稍稍引起了一點她的興趣，不過口氣立刻又冷淡下來，「但我沒幫你什麼忙。」

「沒關係，總之現在我還好好地站在這裡。」

「只是能站多久還不知道。」她又「哼」了一聲，揚揚手中的電話，「所以呢？現在你跟蹤我是事實。那件事其實沒什麼好謝的，因爲根本與我無關，而除了說謝謝之外，你想幹麼？」

「我……」我幾乎已經找不到話好說了。

「果然換警察來問會簡單一點。」她冷冷地說，作勢要撥打電話。

「我其實是想拿個東西給妳的！」我腦海裡簡直就是靈光一閃，急忙拿下背包，從中掏出一張卡片來。

「星期五晚上，在我們學校有一場音樂表演，我……我想送妳兩張邀請卡。」帶點口吃，我說。

然後我們沉默了很久，也尷尬了很久。女孩一直沒接過那兩張邀請卡，眼神木然，沒有表情地看著我，而我不知道手裡的卡片該塞給她好呢，還是乾脆收回來算了。

「很沒說服力的理由。」她說。

點頭，其實我也曉得。

「所以我應該收嗎？」

又點頭，當然該收。我心裡這樣對她說：不收的話今晚我們可都下不了台了。夜不算太深，但又開始下起了雨，雨水滴在邀請卡上，我趕緊用手抹掉。

「很不錯的表演，眞的。」我說得有點吃力，深怕她又要拒絕。

她始終都帶著狐疑的眼光看我，但我已經很欣慰了，畢竟狐疑的眼光總好過否定的眼光，起碼她沒眞的報警，這一點就値得我千恩萬謝了，不是嗎？

終於伸手將邀請卡接了過去，她問我還想怎麼樣。

「沒有想怎麼樣，眞的。」我苦笑著，走到小迪奧旁邊，我坐上車，「然後我要回家了，希望星期五晚上可以看見妳。」

她用極微小的幅度輕輕點了一下頭，神色似乎緩和了些，只是扳手依然握得很牢。我在她的監視下，緩緩將車子倒退，退到巷口路邊，轉頭，她還盯著我看。

「我不是壞人，只是頭髮長了點，樣子看起來邋遢了點。」我試圖力挽狂瀾。

「看得出來，」她點頭，「你要當壞人好像也還不太夠格。」

「是呀是呀。」笑容要多苦就有多苦，我萬般委屈地打開機車電源，按下了發動掣，但很意外地，它卻一點反應也沒有。心中暗叫一聲不妙，我又按了一下，結果依舊。如果這時候有面鏡子，想必映出來我的這張臉只怕皺得跟包子一樣了。

輕輕地走過來，我看見黑色緊身牛仔褲修飾得她腿型很美，不過垂晃著的，是她還拿著的扳手，不斷反射著森白的街燈光線。

「這兩天淋過一點雨，老車了，不太靈光。我再試試看，沒關係，妳先上樓去吧。」乾笑著，我連續又按了幾下發動掣，小迪奧用很不甘願的喘息聲告訴我它活過來了。

「眞的，沒問題。」我微笑，不過那微笑也沒能維持太久，因爲我稍微一轉動油門，就發現它完全沒動作。

「雨變大了，我說眞的，妳還是先上樓吧，拜託一下了，好嗎？」我的眼淚已經快要流下來了。

長髮女孩在小迪奧旁邊走了一圈，然後叫我下車。她沒坐上去，站在車邊，試著轉動幾下油門，確實我沒有騙她，車子一直維持在發動後的怠速狀態，但卻無法拉高引擎轉速。這一切很明顯地透露著，我根本沒辦法把車騎回去。

「可能是油路鬆了，或者化油器有問題，我應該可以把它修好。」

「油路？化油器？」她用懷疑的眼光看我，「你確定你可以把它修好？」

「不是嗎？」我被她看得有點不好意思。

「去我車那兒，油箱旁邊有個小工具包。」她冷冷地橫了我一眼，然後稍稍蹲低，伸手擦去了臉上的雨水，對我下了命令：「拿過來。」

我想這當下除了聽命行事，大概已經沒有其他選擇了。走過去，在她車上看了一下，這才發現，其實她的ＦＺＲ跟貓咪的還略略有所不同，這輛車除了沒有整流罩，前叉骨架跟輪胎的擋泥板都有改裝過，而且連後照鏡也沒有。不過此刻我不敢多看，趕緊把工具包拿過去給她。沒有第三句囉嗦的話，打開機車坐椅墊，她從小工具包裡拿出一支螺絲起子，在小迪奧的肚子裡東翻西找了一下後，拆出薄薄小小的一塊黑色方形物體。

「壞在這裡。」她蹲著，抬眼對我說：「整個都泡水了。」

這是我有生以來，頭一次知道車子裡頭有一塊叫作「C.D.I.」的東西，專業點的名稱，叫作「電子點火系統」。而當她很俐落地拆開車子外殼，把那玩意兒拿出來時，我簡直嚇傻了眼。

「這東西只要一泡水就完了。」她說。看著我的滿臉詫異，她從工具包裡拿出一塊布來擦擦手，說：「我家開的是機車行。」

女孩把那塊黑色的玩意兒交給我，要我明天拿著去機車材料行，買塊一模一樣的來換上，花費不會超過五百元。

「如果你很天眞地跑去車行，自以爲是地跟他們說你的化油器或油路什麼的有問題，那大概花上兩千五也擺不平你的問題。」

「可是……」沒想到是她幫我解決了車子的狀況，原本我還以爲這下得打電話給貓咪，要他大老遠從東海過來幫我修車了。滿是感激與慚愧之餘，她這兩句調侃的話我也只好默默地吃下了。

「可是什麼？」

「我……」還皺著眉，我支吾了一下，「可是買來了，我也不會換……」

「如果你眞正的目的是爲了搭訕的話，那我眞的要佩服你，因爲這招很厲害。」她說著，在我遞過去的紙上寫了姓名跟電話，那口氣依舊不帶半點溫暖，而且還充滿了鄙夷與敵意。寫完後，她翻看了一下那張紙，「樂譜？」

「是，至少這證明了，我送妳兩張表演的邀請卡不是假的。」我汗顏。

「你去買，我可以幫你裝，不過得等明天晚上我下班以後。」她把紙遞還給我，上面有她的電話。「還有，不要再跟蹤我，拜託。」

我連忙點頭答應。當然，以後我不必再跟蹤她了，因爲現在我知道她在哪裡打工，也知道她住在哪裡，甚至我有了她的電話號碼，以及她很特別而難寫的名字：熒繡。

葉熒繡，我的ＦＺＲ女孩。

當街邊霓虹如飛螢般流掠而過時，我只看得見妳的長髮飄揚，還有車尾燈。
這世間有太多時候我們得賭一把，輸贏儘管不過一場電影。
但請明白，我超越妳的目的只因為想與妳走在一起。

這一晚身上的血液應當沸騰，滾燙得讓人感動。
我願付出可以付出的一切，只要妳看見我在這裡。

7

所以我相信人生的一切，背後都有命運在推手，也因此，讓我徹底了解到，什麼叫作「塞翁失馬，焉知非福」。想當初若非胖姊姊，我不會遇見熒繡，也不會開始害怕與「讀者」接觸，而因爲害怕騷擾，所以寧可多留點時間給自己，但卻又因爲在外面閱讀的機會增多了，所以才又遇見了她。站在莒光新城外頭的路旁，晚上十一點半，我感嘆造化弄人。

「來了沒有？這裡有蚊子啦。」忽然，很小的聲音，從巷子旁邊的廢棄攤販架子堆裡傳出來。

「閉嘴！是你自己要跟來的，忍一下不會死。」低聲一喝，我說。

「你來忍忍看，媽的……」咕噥著，貓咪又縮了回去。

練團時，貓咪聽我說了一整晚關於熒繡的事，所以堅持要跟過來一探究竟。在他的觀念中，會修車的女生一定長得很「科幻」，爲了證明我的眼睛沒有脫窗，所以我決定冒個險，讓他躲在旁邊看個仔細。在叮嚀過絕對不准發出任何聲音後，我把這小子一腳踢進了旁邊的雜物堆裡。

跟昨天差不多的時間，銳利的引擎聲鑽進了巷口，這次我留意到，她的另一部車原來是

JOG。熒繡今天沒繫頭髮，一泓披在背後。有鑒於昨天小迪奧裡的油污弄髒了她的手，今天我特地準備兩大塊擦手巾。原本貓咪問我要不要多帶一束玫瑰，不過我說算了，一個對車子有興趣的女生，理論上不會太喜歡鮮花，就像玩坦克車的女孩不會想買芭比娃娃。

她輕輕鬆鬆地就把那塊C.D.I.裝上，然後檢視著我的車，而我則像個侍候在公主身邊的小太監，卑微地站在一旁。

「這種車都快淘汰了，排氣管破了也沒焊回去。老實說，你應該多保養的。」指著車身上頭一堆奇怪的燈泡跟貼紙，她說這些玩意兒根本只會增加車子的負擔。繞了一圈，她問我叫什麼名字。

「徐雋哲，妳叫我阿哲就可以。」

「你是學生？」

點頭，我補充，「昨天拿給妳的邀請卡，就是我們社團的表演。」

她「嗯」了一聲，不置可否，拿著擦手布，順便又幫我把後照鏡跟儀表板稍微擦拭了一下，動作之熟練，像極了機車行的修車師傅。雖然是很簡單的幾下動作，但那瞬間我卻希望自己可以成爲機車的一部分，心裡想，要是她幫我擦臉的話該有多好？就算那塊布再髒都沒關係。

「所以你昨天跟蹤我到底有什麼目的？」突然，她又問我這個問題。

先是錯愕，接著我就陷入苦思。爲什麼非得問這問題呢？我想不出有什麼富含邏輯或理性一點的理由，可以去解釋一個正值青春期的男生，爲什麼跟蹤心儀對象回家的這件事。事實上這也根本無解。倘若非得要追根究柢，把一切都那麼清楚透明地剖析的話，那麼梁山伯與祝英台根本就是鬼話連篇，羅密歐與茱麗葉也是天方夜譚。

「這個眞的很難回答。」我嘆氣。

「很難回答，表示並不是無解。」她說：「從我一離開寒舍，就知道你在跟蹤我了。等我回到家，餵過兩隻貓，換了衣服又出門，你也還在巷口，甚至等我回來，你都一直在。」

我心裡這樣想：如果妳願意的話，我很樂意一輩子都在。不過這當下自然不能這麼回答，所以順著話，我問她怎麼知道我一路跟著。

「你不知道你的破排氣管有多大聲嗎？」她說。

眞是失策，早知道應該早點弄好那根管子，都怪貓咪太懶，沒有幫我搞定它。

一想到貓咪，我忽然心中一凜，那傢伙眼下就躲在旁邊偷看，所有我跟熒繡的對話全被他聽得一清二楚。爲了不在回家後被他恥笑，現在我應該多擺出一點男人應該有的瀟灑跟豪邁。

「所以妳決定再出來找我？」

結果她用冷笑與不屑的神色回應我的自作多情。媽的，我心裡罵了一句髒話，都是那隻蠢貓害的。

「我只是出來熱車而已。」

「熱車？昨晚下雨呢，爲什麼要熱車？」

「老車了，動一動總是好的。」她說。

點點頭，這麼說來，我還眞應該感謝她那部FZR才對。

「所以你還是沒有老實說。」熒繡又把我拉回殘酷的現實裡，「你到底跟蹤我幹什麼，徐雋哲先生？」

「我……」

我問阿邦，如果他遭遇跟我一樣的狀況，當對方這樣問他時，應該怎麼回答。

「打鼓給她聽。」他說。

「打鼓？」我瞪眼，「怎麼把她帶到工作室來？要是能夠帶她到工作室的話，我就乾脆帶她回家了。」

「我沒叫你帶她來呀。」他說得很輕鬆，「你可以帶把吉他去，就在巷子外面彈給她聽。」

我覺得很疑惑，這年頭居然還有人會想用這種老掉牙的把戲，而且瞧阿邦那認眞的表情，也實在看不出來他是在開玩笑。

表演在即，練習的步調比以往更嚴謹。也多虧了阿邦，他有過很多組團的經驗，樂團的弊病與缺點，他都可以很快地掌握跟克服，這一年多來，我們有過幾次表演，也沒出過什麼大的差錯。

趁著休息時，大夥兒窩在工作室外面的攤子吃滷肉飯，貓咪未經我許可，就跟大家說了前幾天晚上的事。

「吉他手都應該要這樣才對，要很酷，要冷冷的。」小狐狸替我說話：「聒噪的吉他手通常都很爛。」

「爲什麼？」我問，「我也想當個幽默風趣的吉他手呀。」

「實力不夠才需要靠嘴皮子，我就比較喜歡安靜點的吉他手。」她說著，笑靨如花。其實小狐狸算得上是美女了，不過跟熒繡比起來又是另外一種不同的類型。

我有點黯然，不知該說些什麼才好。

「所以你跟蹤她到底是爲了什麼？」突然，阿邦扒了一口飯，又問我。

「其實我也不知道。」皺眉，怎麼大家老愛問我這問題？「我只是想認識她呀。」然後所有人都停下動作了，他們用一種狐疑的表情看我。

「理由就這麼簡單不是嗎？」小狐狸說了第一句。

「想認識她，這就是最好的理由了。」阿邦接了第二句。

「你說不出來的話，我可以代勞沒關係。」貓咪補了第三句。

跟著妳是因為我想認識妳，我想認識妳則不需要任何理由。

8

「現在的大學生都這麼悠閒嗎？」走進寒舍，櫃檯裡的熒繡問我。

「三十年前在日本，大學生可以鬧學潮，把校園封鎖起來做無限期罷課；十幾年前在中國大陸，大學生可以用肉身擋坦克車；至於現在，台灣的大學生只會討論日系混搭風，或者像瘋子一樣跑到機場去迎接偶像明星。」我從包包裡拿出駱以軍的《我愛羅》給她看，「十個中文系的學生有八個沒看過駱以軍，我算認眞的了。」

這話說來有點心虛，念到大二，也沒哪個教授的課是我從來沒蹺過的，至於駱以軍的小說，其實也是第一次看。

窩在同樣的小包廂裡，繼續忍受充斥二樓的噪音跟異味，我翻開第一頁，這時金髮妹揭簾，送來我的飲料。

「上次就想跟妳說，其實妳頭髮的顏色很漂亮，層次很特別，應該花了不少錢吧？」我在執行貓咪交代的第一招，叫作「擒王先擒賊」。

「眞的嗎？」一擊奏效，金髮妹原本帶點戒備的表情立刻鬆懈下來，「我高中念的是美髮科，這裡所有人的頭髮都是我幫忙染的。」

「難怪，手藝很好。」我微笑，「可是熒繡沒染？」

「她要是染了頭髮，可能會被她老爸打死。」金髮妹露出惋惜的表情，「熒繡的五官很突出亮眼，如果頭髮染一點顏色的話，應該會更好看的。」

「是啊，可惜了。」我也跟著嘆氣。

「不過最近應該有機會讓我幫她操刀了，因爲熒繡她爸好像管得沒以前嚴格。」金髮妹告訴我，原來熒繡現在住的是她二姑姑家，而老家則在南部。她爸最近遙控得沒以前嚴密，所以熒繡才能加班到晚上十一點。

「而且熒繡的男朋友上次來，他也認爲熒繡染了頭髮一定會比較好看。」她又說。

「男朋友？」我試圖隱藏心裡的激盪。其實我也不是沒想過她身邊已有護花使者的可能性，以熒繡的姿色與氣質，肯定有不少人追，也可能早就已經有男朋友了。但饒是如此，當金髮妹提到這個字眼時，我仍難免心中一陣激動。

「你沒見過嗎？」

我搖頭。金髮妹告訴我，熒繡的男朋友現在人在台南，已經大四了。而熒繡因爲對台中這邊的學校有些適應不良，上個學期結束時就辦休學了。

說到這裡，我覺得已經夠多了，再聊下去，只怕金髮妹要懷疑起來，因爲我對熒繡實在太一無所知了，而且這種探聽的方式未免不夠光明正大，如果可以，我希望能夠用自己的本事，讓熒繡親口來對我說出關於她的一切，這樣會比較好一點。

不能融入書中的世界，我想應該不是駱以軍的問題，事實上這類散文般的小說其實還挺好看的，只是坐在包廂裡，我一直無法專注閱讀，每當外頭有腳步聲時，總難免要側耳傾聽，留意他們說話，想知道上來的人是不是我想的那個人。就這麼心不在焉地混到十點鐘左右，我決定放棄看書，不如先回家算了，反正今天的收穫已經夠多了。知道熒繡在這兒工作得很好就好，我並不想帶給她太多困擾。

收拾了包包，在櫃檯結帳的還是金髮妹，這回我們沒有多聊，拿過找回的零錢，我轉身出了店門，走到外頭的小迪奧旁。

「今天這麼早？」突然旁邊有人說話，不用回頭我也知道是她。

「該回家看書了，明天有考試呢。」我說。

「那就好。」她的笑容很淺，但仍看得出來，「今天你的百香綠茶是我調的，剛剛靖惠去收杯子下來，說你只喝了一點點，我還以爲你覺得很難喝。」

媽的！我在心裡大罵自己，居然浪費了這麼好的東西，不過臉上還是要裝出自在的表情。

「不過既然明天有考試，那你今天幹麼跑來喝茶？」不料她又接著問我。

這個女孩可能不曉得她的問題對我這樣一個心裡有鬼的人而言，有多麼銳利跟難以作答。我支吾了一下，跟她解釋說今晚我們在台中市區練團。

「那不是更應該練完就回家念書嗎？」她眼裡有異樣的光芒，像在探索什麼似的。

「這就跟我爲什麼要跟蹤妳的理由一樣，其實是沒有標準答案的。」原本已經握住小迪奧的把手的，我又將手給收回來，既然她想問，那我就回答吧。

熒繡的表情說不上來是關心或在意，可能她始終把我隔離在一個安全範圍之外，這點我可以感覺得出來，有些人就是這樣，會在自己跟別人之間畫一條線，能跨過那條線的就是朋友，像是金髮妹，她就能跟熒繡有說有笑；至於我，我在線的另一頭，拚了命地想跨過去，但積極進取的同時，我卻發現自己下半身坐的是輪椅，而且是輪子卡死的輪椅。

而她所畫出的這條線一定有其評斷準繩在，只有抓到訣竅的人，才能跨得過去。問題是我不曉得那訣竅在哪裡，所以也不知道該怎麼做。簡單來說，她給我的就是一道緊閉而厚重的鐵門，但上面既沒門把，也沒有鑰匙，能開啓門扉的，只有一道我猜不到的咒語。

「你又無言了。」她說。

「我只是不擅長解釋。」我苦笑。

「很奇怪，不過是把話說清楚而已，很難嗎？」手叉著腰，她的口氣有點逼人。

「何必非得問這麼多呢？」我很爲難。

「因爲跟我有關呀。」她瞪我，「別把我當白癡。」

「妳眞的想知道?」也有點按耐不住了，這可是妳逼我的。我深吸了一口氣，說：「其實我很想認識妳，想跟妳當朋友。」

「我們不算已經認識了嗎?至少也算朋友了吧?」

「我的意思是說，更深入一點的認識，更好一點的朋友。」

「深入?知道我家住哪裡，知道我在寒舍工作，知道我的名字跟電話，這還不夠嗎?」

「那只是皮膚跟毛髮的程度吧?」

「要不要我把肚子剖開來，拿出心臟跟腸胃來讓你也認識一下?」她說話很急促，口齒非常便給，這是頭一次我看見她快要生氣的樣子。

又是無言以對的時候，我的氣勢完全被壓制下來，最後只能很孬地說：「人本來就有互相了解的欲望呀。」

「我就沒有。」結果她回得很快。

看樣子這世界上能夠突破她心防的，大概只剩金庸筆下的韋小寶了吧?我懊喪不已，好像所有的錯都在我一個人身上似的。

「好吧，我輸了。」做一個投降的手勢，我說：「沒有答案也是答案，我回家念書總可以了吧?」

她沒回答，看著我把車慢慢倒退出來，直到發動了引擎，她都還站在原地，雙眼一直盯著我看。

戴上安全帽，彼此相隔了大約一公尺遠，我說：「說穿了其實眞的也沒什麼，我很想認識妳，是因爲妳給我的第一眼感覺就很強烈，當然我說的不是妳想的那一種，雖然我也不知道妳想的是哪一種，但反正肯定不是就對了。」

稍微換口氣，我想既然已經開口了，那就繼續說吧，心思一通，話就說得又順又快。「因此呢，我很想再多認識妳一點，因爲這年頭會騎FZR的人已經很少了，騎FZR的女生更少，而騎著FZR又會修車的女生簡直跟天上掉下來的隕石一樣稀有，這些都讓我對妳產生無止盡的好奇。基於這些理由，我很想更靠近妳，多了解妳一些。基本上我並不是個壞人，也絕對不是什麼登徒子，頂多就是表達能力差了點而已，可那也是因爲我不希望造成妳的誤會。爲什麼要這麼咄咄逼人呢？多給妳一點時間跟空間的話，那樣不是很好嗎？我眞的沒有惡意，如果有的話，也只是想約妳一起去看場電影，或者吃個消夜，甚至看一場我們樂團的表演而已。」

腦袋一轉，我甚至還講出當初胖姊姊的台詞：「緣分很重要，緣分安排了人與人的相遇，但除了緣分之外，我們不也應該盡點人事，做點什麼嗎？」

一口氣把話講完，說得我口乾舌燥，結果她卻整個呆掉了。

「葉小姐？」我輕喚一聲，而她沒反應。

「葉小姐？」於是我探出手，輕輕拍了一下她的肩頭，「醒醒，口水流出來了。」

「啊？」然後她醒了。

我靠近妳是因為我想認識妳，我想認識妳所以我靠近妳。

愛情的開始就這麼簡單而已。

9

每個人都有自己的說話方式，有些人不管講什麼都一臉嚴肅，有些人說起話來永遠慢條斯理，而也有些人，其實他們說話的方式根本不是用嘴巴。

夜幕低垂，晚風徐徐，今天晚上學校裡的廣場一改以往的靜謐，有繽紛的燈光與喧雜的聲響。貓咪用他的Bass開場，先獨奏了一小段，然後是阿邦的鼓開始零落地融入，全場的聲音逐漸低了下來，而這還不到我開始的時候。

起音的鼓聲很扎實，可想而知阿邦用的是尖頭的鼓棒。他連續兩個過門後，接下來開始一連串的落地鼓跟大鼓連擊，當鼓聲急湊到足以收攝大家的心神時，我踩了已經設定好的效果器，第一個落下的是C和弦，長長的一個音，然後在像機車排氣管所發出的破音裡滑弦。那瞬間燈光全部亮了起來，台下一片漆黑，兩個轉折後，小狐狸從舞台邊走了出來，唱的是月之海的〈I for You〉，今天的第一首歌。

所以當我開始推弦時，搖晃震顫的樂聲就是我欲訴而又難言的心情；當我開始速彈時，就是我難以抑制心裡的激動時。這是我說話的方式，只可惜，最該聽到的那個人，今天沒來。

上台前我在舞台邊遇到金髮妹，現在知道她叫靖惠。她帶了另一個女同事來，並告訴我，今天熒繡幫人代班，所以來不了。

站在舞台上，低著頭，盡力地彈奏每一首我們練過的曲子。小狐狸載歌載舞，阿邦跟貓咪也表演得很投入，就只有我一個人是安靜的。

「你沒事吧？」趁著兩首歌做完，小狐狸在跟台下觀眾互動時，貓咪走過來問我。

「她沒來。」我說今天來的是金髮妹跟另外一個女生。

「喔？」貓咪眼睛一亮，完全忘了我的失落，居然問我：「在哪裡？幫我看一下，我頭髮亂了沒有？」

眞想一腳把他踢下去，我虛踹了一腳。貓咪說今晚表演過後，明天一早他就要去旅行了，預計去個兩三天，叫我最好別亂出狀況，否則阿邦火大起來，大家又是地獄特訓，到時候害他走不了。

「我閉著眼睛都可以彈。」我說。

「最好是這樣。」說著，換他踹我一腳。

本來我還想踹回去的，但就在這時候，阿邦起了一個四連音的拍子，我們知道下一首歌要開始了。

今天這場社團的期中成果發表會，邀請來的外校學生也不少，還有一些是一向有往來的樂器行或錄音室。穿著印上團名「自由意識」的白色上衣，在五首歌的表演後，待會就該學長們的樂團上台，而阿邦有交代過，爲了讓別人更認識我們，所以演出結束後，一定要到台下跟觀眾一起寒暄聊天。

這對我而言並不難，雖然不像貓咪那樣，可以周旋女兒國間優遊自得，或像小狐狸跟阿邦一樣活潑揮灑，但至少跟人家打屁幾句還沒什麼問題。只是今晚我眞的沒這心情，跟幾個人點頭招呼後，我就縮到後台抽菸。

台前是燈光閃爍下人馬雜沓，台後這兒靠近圍牆邊是雜草一堆跟獨自坐在角落的我。「哈囉！」結果一根菸還沒抽完，金髮妹帶著她那位同事晃了過來。「你們的開場表演很棒喔。」她笑著。

道個謝，我有點意興闌珊。金髮妹介紹了一下她同事，還跟我要了簽名。苦笑不已，最近跟我要簽名的人都怪怪的。而且一想到胖姊姊，我就想起差點被熒繡撞死的那一幕。

「對了，熒繡今天晚上十一點下班。」臨走前，金髮妹忽然想起，對我說：「本來她是眞的想來看看的，可惜來不了，店長欽點了叫她代班，誰也沒辦法。」

點頭，我說沒關係，反正樂團表演的機會很多，以後總能看到的。

「不過她也說了，如果你表演完之後沒事幹的話，可以去店裡找她。」金髮妹笑著說：「我聽熒繡說了，你們認識的過程很傳奇。司馬昭之心，路人皆知。問題是你得證明給她看。」

司馬昭之心？這是什麼鳥比喻？當我匆忙離開學校，一路往市區騎過來時，心裡還納悶著。

今晚天氣不錯，風吹起來很涼。我腦海裡還一直迴盪著舞台上的聲光感覺，車子已經到了市區。不過很意外地是，時間還不到十一點半，但熒繡卻不在店裡了。我有點丈二金剛，摸不著頭腦。店裡的工讀生告訴我，說熒繡才剛走，離開前交代過，如果有朋友過來找她，叫我過去北屯路跟文心路的交叉口。

北屯路跟文心路？想了一下，這地方我知道，但去那裡幹麼？那兒距離熒繡家不算遠，但對我而言可有一段距離。

像個按圖索驥的尋寶者，我從東海附近騎進台中市區，現在又從寒舍趕往北屯。開始有點涼意，我在大馬路口張望了一下，果然紅綠燈下，在一個連鎖檳榔攤旁的便利商店外面，看見熒繡的FZR，而她就站在車邊，正在講手機。

「靖惠說今天晚上你表演時很酷，一點表情也沒有。」她剛掛上電話。

「還好。」我說。

她點點頭，坐上機車，卻沒再繼續這個話題。而我也一時找不到話說，只好坐在自己的機車上抽菸。

過了不知道多久，大馬路口的紅綠燈幾次變換，經過的車輛慢慢變少，而車速在不知不覺中似乎也比較快了些。我很想問問熒繡，爲什麼要約我來這兒，但心裡轉念又想，如果她別有用意，那我就乾脆等她說就好，何必急著要問？

「你不覺得怪嗎？」果然，又等了兩次紅綠燈的轉換，她說話了。「忽然把你找來這裡。」

「是有點怪，不過我覺得還可以等，等妳自己跟我說。」

「你是個善於等待的人。」她點頭。

不置可否，我想或許是吧。香菸早已抽完，我輕拍小迪奧的把手，讓她繼續說下去。

「很抱歉今晚我不能去看表演，我想靖惠已經跟你解釋過原因了。」

「沒關係，總還有下次的。」

「有什麼理由我應該去呢？」她微笑，但這微笑給我的感覺很怪，讓人毛毛的。望著寬闊的街道，忽然有爲難的表情在她臉上一閃而過，然後像是下了個決定似的，她吐了口長氣，說：「這樣吧，我們來打賭，如果你贏了，下次表演的時候，我就去看，或者你想去看場電影，我也可以奉陪。」

「賭什麼？」我感覺有點不太妙。二十年來，我跟人打賭的勝率，可能比飛機掉下來砸到頭的機率還低。

「從文心路一路往下跑，會經過中港路。」熒繡說得輕描淡寫，「誰先過那路口就算贏。」

「妳是說，我們來賽車，而妳騎FZR，我騎小迪奧？」我簡直不敢相信自己的耳朵。

「你可以拒絕。」她聳肩，臉上沒有表情。

「妳不如叫我用跑的算了。」我沒哭，但是我的小迪奧快要哭了。

有志竟成這句話有時候是騙人的，除非小迪奧長了翅膀，能飛得比FZR快。

有點往前趴的姿勢，騎在洗得發亮，沒有整流罩的藍白色FZR上，熒繡戴上黑色安全帽，讓馬尾垂在背後，姿態非常英俊挺拔。聽著她那部FZR正吐出積蓄已久的氣勢，相較之下，小迪奧的破爛排氣管就虛很多。

「我給你一個機會，當然也是給我自己一個機會。」她說：「讓你先跑五分鐘。」

「有差嗎？」我哭喪著臉，坐在車上，開始後悔當年沒跟著篤信佛教的老媽學幾句大悲咒，現在想替小迪奧超渡都不行。

「那就走吧。」說著，她「刷」地一聲蓋上安全帽的風鏡，咆哮的引擎聲響了幾響，我都還來不及催油門，綠燈一亮，她的車已經飛箭般竄出去，瞬間我連她的車尾燈都看不見了。

雖然我知道這是絕對不可能的事，不過爲了表現敬業精神，我還是把油門一路催到底，小迪奧發出沉重的倒嗓掙扎聲。

「乖，給點面子，等一下機油讓你吃到吐。」我的極速只有六十公里，拍拍小迪奧的儀表板，我安慰它。

很奇怪，這樣的晚風裡，熒繡一路飆過去，難道她不覺得冷嗎？接連闖過幾個紅燈，雖然頭頂上只有一頂龜殼式的安全帽，但反正我這種速度要被撞死也很難。小迪奧的引擎運轉非常艱困，像個肺癆末期的病人，我迎著沒啥速度感的風，騎了好一會兒，一路也算盡了全力地飆到文心路跟中港路口時，張望一下，熒繡的車就停在過了馬路的街邊，她正坐在人行道旁，掌心裡握著手機。

「你比我晚了十分鐘。」她抬頭看我，臉上有忍不住的笑意，而諷刺的是，我從後照鏡裡瞧見自己難看透頂的表情。

「想笑可以笑，沒關係。」我黯然，但黯然的同時，也覺得有點不平。

就這樣，她看著我，我看著她，彼此互盯了大概一分鐘左右，突然間我們臉上表情同時一愣，因爲我們都聞到了一股奇怪的味道。轉頭去看，小迪奧的排氣管不知何時正開始冒出陣陣白煙，而且夾雜奇怪的塑膠燒焦味。

「糟糕！」我驚詫地蹲下來看，沒有著火，但是那陣白煙卻有愈來愈濃的跡象。「不會爆炸吧？」

「你是不是一路上油門都沒放開過？」

「妳說呢？」我沒好氣地回答。

熒繡也嚇了一跳，趕緊把車又騎回對面車道那邊，在轉角的便利商店買了兩大瓶礦泉水。我們一人一瓶，把水全都澆在小迪奧已經非常高溫的排氣管上。就聽見嗤嗤連聲，一陣陣驚人的水蒸氣高冒出來。直到水都倒光了，車子冒煙的狀況才稍微好些。

「對不起。」蹲在一起看著排氣管，熒繡突然說。

「算了。」我摸摸已經降溫的車子，「沒燒壞就好。」嘆口氣，索性坐在地上。

那是一段好長的沉默。過了良久，小迪奧車子裡所冒出來的煙幾乎都已經散光了，熒繡忽然又說了一次對不起。

「怎麼？不好意思呀？這不是妳的錯，是我太不自量力了。」我聽見自己的語氣有點冷。但沒有什麼不悅，畢竟是自己答應要賭的，怪罪不了任何人，願賭也得服輸，所以我只是覺得很懊惱。而一轉頭，看到的又是另外一個我從沒見過的熒繡的表情——帶著愧疚與歉意。而她望著小迪奧的眼神裡，充滿了許多的心疼，那瞬間，我竟然有點嫉妒這輛破車。

「眞的沒關係，是我自己說要賭的。」我又強調一次。

細長的手指輕撫過小迪奧的車身，她說：「這樣吧，車子要是再有問題的話，我負責幫你修。」

點頭，我彷彿聽見她語氣裡的軟化，那不像以往她任何一次對我說話時的語氣，彷彿有些什麼改變了。是我跨過那條線了嗎？如果是的話，那麼，眼前的小迪奧哪，你可以安息，可以瞑目了。沒想到誤打誤撞的苦肉計居然意外博取到熒繡的同情。

一直沒有熄火，但小迪奧的引擎聲已經緩和許多，跟FZR並排在一起，更顯得我的車小。

「妳怎麼會騎這種快要絕種的車？」我跟金髮妹曾經聊過這話題，但現在我想聽她自己說，順便測試一下自己心臟的強度。

「車不是我的。」她說。

「可是妳騎得很好。」結果我發現自己沒膽量讓她繼續說下去。萬一她說出什麼讓人負荷不了的答案來，恐怕我會當場飆淚。

「一開始有點不習慣，畢竟車子眞的很重。」看著那部FZR，她說：「不過久了就熟練了，其實騎這種車還是有訣竅的。」

點頭，我說我們樂團的Bass手也有這款車，而且一樣是藍白色的。我不知道這算不算是一種通病，當熒繡聽到我說起貓咪的FZR時，她眼裡所煥發出來的光芒，就如同我跟貓咪說起熒繡的FZR時一模一樣。

「雖然還是有點不同的地方，但乍看之下眞的太像了，所以上次在藝術街我才會認錯人。」我又補充，「而且他也有加入那個FZR俱樂部。」

「噗」地一聲，她笑了，「我可沒加入，那天我只是去替人家拿東西而已。」

點頭，我想最好別問得太仔細。孬種，不過孬種就孬種，反正也不會怎樣。

熒繡又問起貓咪那輛車的性能，還有相關的保養問題，問著問著，突然間我腦海裡閃過了一個念頭。今晚在舞台上，貓咪跟我說過什麼來著？他要去旅行不是？不管他去哪裡，反正至少是兩三大，而他不在的日子裡，他所有的東西都歸我保管運用，這當然也包括他那輛FZR在內。

今天晚上我輸了，而且輸得很徹底，不過這乃非戰之罪，畢竟小迪奧除非長出翅膀，否則再怎麼改裝，也不可能跑得過多它整整一百C.C.的FZR。但沒有關係，我們既然能跑第一場，當然也可以再來第二場，而第二場我決定換部車子。

「這樣吧，有沒有興趣再玩一次？」

「不好吧？」她皺眉看著小迪奧。

「有什麼關係呢？」我微笑。

「說眞的，阿哲，我叫你阿哲可以嗎？」她見我點頭，繼續說：「我覺得，你要認識、要了解一個人，其實可以有很多種方式，未必要這樣子。原本我想了很久，以爲這個方式可以讓你死心，讓你知難而退，可是沒想到你居然眞的答應，而且一路追了上來。老實說我覺得很感動。現在我們已經是朋友了，不是嗎？」努力地說著話，彷彿每個字句都細細斟酌過，我看見她認眞的表情。「而且今天你的車已經……」

「我有說我要騎小迪奧嗎？」打斷她的話，我說：「雖然妳終於讓我成爲妳的朋友，但畢竟我是輸了，對吧？所以我想明天再來一次，一樣的時間，一樣的路線，我們再跑一回。」

「你確定？」她用擔憂的眼神看著我。

「一場公平的比賽，我要靠我自己的本事贏一場電影，贏一次妳看我們表演的機會，FZR對FZR。」很坦然也很堅定，我說。

贏了自己心愛的人其實毫無意義，我只希望牽妳的手，進電影院就好。

11

不知道這款車子是誰發明的，在發明時又是否曾想過，這款車在早期重車還沒開放前的台灣，曾經具有何等指標性的意義。在當年只有野狼等少數打檔車的時代裡，ＦＺＲ不知風靡了多少人的心，甚至建立起它無可替代的地位，以致於到了重車開放後的今天，儘管已經退了流行，馬力也遠遜於其他重車，但依然有很多人熱愛著它。

貓咪什麼紙條也沒留下，我壓根兒不曉得他去了哪裡。這個人憑空消失不是頭一回，以前就有過很多次。通常我們也不以爲意，只要不影響練團，阿邦不會有任何意見，而認識了十多年，我知道這小子忽然要去「旅行」時，表示他一定不會是自己一個人去，因此我連電話都懶得打，直接到他房間裡，把機車鑰匙拿過來就可以了。

出去跑了兩圈，練習一下換檔。車子衝力很大，但可惜尾速有點後繼無力，所以如果跟熒纗競飆的話，我得把握起步的機會。

晃回宿舍樓下，卻看見阿邦在門口等我。

「我剛剛打了電話給貓咪。」他說：「看ＦＺＲ不在，我以爲他騎出去了，結果電話撥過去，才知道那傢伙現在人在台東，正在回來的火車上。」

「所以他知道車子我騎走了？」哎呀，糟糕。

「嗯啊。」一臉無所謂樣子的阿邦點頭，「他說你要用車沒關係，要撞車也沒關係。」

「眞的嗎？」我有點不相信。

「嗯啊，」阿邦說出最關鍵的但書，「貓咪有交代，撞爛之後，在他回來前修好，修到看不出撞車的痕跡就好。」

「幹。」我啐了一口。

我們租賃的宿舍，是一整排透天厝的邊間，騎樓下就是大家停車的地方。蹲在門口，阿邦跟我一起看著FZR。這輛車已經跑了七萬公里，當初貓咪買的就已經是二手，雖然保養跟清潔做得很勤，但終究難掩歲月痕跡，整流罩上有裂痕，貼紙也有幾個剝落的角，聽我說要去飆車，阿邦勸我先打電話回家，確定我老媽有替我買好高額意外險。

「反正是五成的勝率，輸跟贏，我覺得很值得賭一把。」我說出心裡的想法。

「以搖滾樂的精神而言，確實你是應該賭，」他點頭，「不過摔車時請小心，手腕以下的部分不要碰傷，其他的我都不介意。」

然後他說到正題。這次參與音樂表演，其實背後還有另外一個目的。市區幾家獨自作業的錄音室都想製作一些地下樂團的專輯，藉此建立自己的品牌，所以那天的發表會，觀眾群裡也有不少這些錄音室的人在當中。不過在這圈圈裡混過很多年的阿邦則另有打算，因爲飽嚐過壓抑與掙扎的困頓，他很清楚該怎麼在逆境中求生存。所以他跟幾家正在轉型中的唱片公司也有聯絡，希望可以串連這些錄音室跟唱片公司，製作屬於我們樂團的專輯。

「你確定？」我說我不太敢相信現在的流行音樂市場，他們總愛把樂團包裝成偶像，讓原本應該深具革命精神的搖滾樂團變成一個又一個愚不可當的三流明星團體，根本就違背了搖滾樂的信念。

「你放心，我知道我們要的是什麼。」他很篤定地說：「暫時只是想法跟念頭，我還沒跟小狐狸說，以免她得意忘形。」

點頭，不過我也提醒阿邦，要多相信他妹妹，這小女生已經是個大學生了，早該有自主能力了。「讓她去交個男朋友吧，也許她會成長得更快。」

「是嗎？」

「是呀。」我笑著說：「教你妹彈吉他的這段日子裡，我發現其實我還挺喜歡她的。」

「好呀。」然後他也笑了，「如果你今晚飆車沒有跌斷腿的話，那就換我來打瘸你。」

「就是這輛車？」當晚上十一點半，我們並列在文心路與北屯路口的紅燈前時，熒繡嘖嘖稱奇地打量著貓咪的車。

「非常像，對吧？」我說。今晚熒繡紮了馬尾，從黑色安全帽沒蓋下的風鏡孔，我看見她的新奇表情。「來吧，一樣的規則。」

「你確定？」

「都已經把壓箱寶搬出來了，如果還贏不了，那我以後也沒臉糾纏妳了，對吧？」

「非得這樣嗎，阿哲？」她皺眉。

「我不想輸給別人，更不想輸給我自己。」我點頭，「這已經無關乎妳願不願意交我這個朋友的問題了。」

朋友與否是一回事，輸贏是一回事，但信念與尊嚴又是另外一回事。哪裡輸掉的，就要在哪裡贏回來。我催動一下油門。跟熒繡的車比起來，貓咪這部改裝過的ＦＺＲ引擎聲居然是高亢的噗噗響，以前我可從來沒有發現過。在衣服上搓搓手，感覺掌心正在冒汗。這場賽車的賭注變大了，而我非得這麼做不可。見我不再有商量，熒繡點點頭，我們同時蓋下了安全帽的擋風鏡，同時我聽見她車子排氣管傳出蓄勢待發的沉沉低鳴。

然後是燈號變成綠燈的瞬間。我沒有任何猶豫，從一檔起步，在轉速聲拉到最高時，立刻換二檔，跟著車子更往前推出，立刻取得領先。這是盤算過的計畫，我得搶得先機才有贏的可能。

沒有留意到風的寒冷與否，也沒注意到路旁店家或招牌，我直視前方的同時，只留下一點點眼尾餘光，去看後照鏡裡一直緊跟在後的另一輛ＦＺＲ。

千萬要加油，我跟自己說。車子一路保持領先，但領先的距離非常小，不過就在最需要專注換檔的時候，我卻出了一個小狀況：起步不到幾百公尺，我原本應該一路往前換檔的，結果卻因爲一時緊張，本來要從五檔推進到六檔，但竟然意外地錯踩了一下，又倒退回四檔。瞬間引擎發出劇烈的齒輪拉扯聲響，車子也重重頓了一下，而就差這短短的一下下，熒繡的車從我左邊飛掠而過，她很專注地朝著前面看，絲毫沒有多瞄我一眼，就這樣超前過去。

我吃了一驚，急忙換檔回來，油門急催地追上去。連續衝過幾個路口，我沒有多留意現在的車速，只覺得沿途的霓虹都幻化成光影，在身邊激流而過，而因爲戴了全罩式安全帽，所以臉上感覺不到風的速度。透過風鏡，我看見她紅色的車尾燈在我不遠的前面晃動，那竟是我唯一的目標。

會贏嗎？能贏嗎？現在到底速度多快了？我從來沒有騎過這麼快速的車吧？這樣做到底是爲了什麼呢？那念頭就跟路上的風一樣轉瞬即逝，我完全無法思考，只顧著在已經極速的六檔繼續猛烈前進，ＦＺＲ高亢的引擎聲不斷把我往前推。熒繡在每個有紅綠燈的路口都會稍微減速，就在她煞車燈忽明忽暗的每一次轉變中，我開始逐漸收復失地。不能像她一樣煞車，否則尾速拖曳的過程我毫無勝算，但我卻一點也輸不起了。

終於，我開始接近她的車了。從文心路與北屯路交叉的起點開始，到我們約定的終點中港路交叉點，這段路上最大的十字路口，是文心路跟中清路的交會處，大老遠地，我就看到了紅色號誌，而同時熒繡的煞車燈也亮起。

我沒有減速，也不能減速，就在路口前，我們終於並排，而熒繡發現到我後，趕緊立即加速，我們就這樣一起闖過了路口。

一過中清路口，距離終點就不遠了，我幾乎已經忘了自己身處何方，只知道拚命往前衝。熒繡也沒鬆懈下來，她的尾速又開始慢慢超前，我們已經看得見遠方終點的路口了，但我又略略落後她大約十公尺遠。

就差那一點哪！我在心裡這樣吶喊著：妳一點也不願意讓我嗎？只願意讓我這樣不斷地追逐著妳的背影，是因爲害怕跟我走在一起嗎？如果是的話，那麼請別擔心，因爲以後我們不會有誰追逐著誰，我只想跟妳肩並肩地走在一起。但就爲了這樣，所以這次非得讓妳輸一回不可，妳可以不必讓我沒關係，因爲我總會靠自己贏回來。

距離路口很近了，又是紅燈，她開始煞車。我也要減速嗎？從來沒聽過誰這麼帶種敢直衝過去的，就算是半夜十二點，中港路上依然有車，而且都是快車。留意熒繡的狀況，她已經減慢不少，那瞬間我決定維持原速，因爲就算一起停下來等綠燈，一切歸零只拚這個路口的起步加速，我也沒有絕對把握，她操控車子的技術太純熟了，而我是個連檔都會換錯的人。與其如此，不如拚了。

我加緊油門，距離路口剩下不到幾十公尺，我從熒縭的車旁竄出，無視於橫向車道上偶爾還有車子經過，就這麼衝了過去。

那路口不長，而我連眼睛都忘了閉，就在路口的正中央，橫向的黃色車燈刺眼地往我身上打來，尖銳刺耳的喇叭聲綿長不絕。但那又怎樣？咬牙，我低頭，油門已經到底。朝我直衝而來的是一輛統聯客運的夜車，就在大巴士擦到我車尾，撞上來之前，我聽見巨大的喇叭聲混著風聲，轟然刷地從耳後狂掃過去，而我已經衝過了終點線。

我領先妳的目的是為了跟妳走在一起。

12

衝過路口後，我才開始煞車，大約又滑行了幾十公尺才完全停下來。驚魂甫定之際，我拍拍胸口，發現外套裡竟已濕透，沒想到在這樣快的車速底下，我還流了滿身汗。

回頭沒看見熒繡的車，於是我掉頭逆向慢慢騎回來，發現她還在對面車道，又變換過了一次號誌，她始終都還停在那邊。我等綠燈後再騎過去，伸手揭開她安全帽上的擋風鏡。

「妳睡著啦？」我微笑。

然後她用近乎茫然癡呆的表情看著我。

將兩部極為相似的FZR停在一起，我拉著她到便利商店前的台階坐下，也拿下她的安全帽，這過程中，熒繡一直沒說話。

「沒事吧？」我懷疑她是嚇傻了。一拍她肩膀，卻拍下了兩滴蘊含在她眼眶裡的淚水。

「不用這麼傷心吧？輸一場而已呀。」我搔頭。

「你瘋啦！你剛剛在做什麼？」突然之間，她很大聲地叫了出來，還連續幾拳朝我胸口捶了下去。

沒有閃躲，我挨了這幾下。雖然很想裝出若無其事的樣子，但事實上剛才雖然平安闖過終點，但我也差點被嚇死，現在又被熒繡嚇了一跳。

「你知不知道那樣很危險？爲什麼不停下來？剛剛那輛巴士差點撞到你的車尾，你沒有看見嗎？」她突然的激動，讓我也有點招架不住，所以接下來的問題我完全無法回答，只能一一點頭。

「那你幹麼這樣做？」她臉上還有尚未撫平的驚惶，我的心口一樣突地狂跳不已，看著熒繡，我半句話也說不出口。幹麼這樣做？是呀，我幹麼這樣做？但若不這樣做，我怎麼證明我想的是對的？

「阿哲……」又有眼淚從她臉上滑落下來。

「怎麼了？」很想伸手將她細緻臉蛋上的那兩行眼淚抹去，不過我不敢這麼唐突佳人，手伸出一半就停了下來，但沒想到卻是她握住了我的手腕，那瞬間我感覺到她掌心裡的冰冷。

「我值得你這樣嗎？」聲音很淡，可是卻充滿了飽和的情緒，她問。

一個人爲了另一個人，可以做到什麼程度？或者說，一個人爲了一個信念，可以付出到什麼程度？值得嗎？值得與否的評斷，恐怕除了付出的那個人以外，其他誰也不能妄下定論。所以我沒有回答熒繡的問題，因爲我想她已經知道答案了。

車子騎得很慢，一路回到莒光新城，沒有仔細去算，但我想剛剛違規闖越的紅燈大概不下十個，要是每個路口都有取締照相的話，貓咪應該會收罰單收到崩潰，然後我會付罰鍰付到破產。

「妳頭髮都亂了。」鼓起勇氣，這次我的手終於碰到她的身上了，雖然只是頭髮而已。

「沒關係，我上去就洗澡了。」顯得很虛弱，她的聲音有氣無力。

不知道該說什麼好，有那麼幾秒鐘小小的尷尬，我只能點點頭，要她趕緊上樓休息。

「別再那樣騎車了，知道嗎？」按開了通往地下室停車場的電動門，她不忘交代。

「當然。」我點頭，「我也不是每天都騎這輛車的。」

「小迪奧也一樣，不要超速。」她又說。

「好，我會很小心。」

「而且你應該多穿幾件外套的，有點冷了。」她看看我身上。

「下次我會注意。」又點頭。

「而且你……」

不知道她還要叮嚀什麼，我笑著制止她再說下去，「夠了，妳怎麼忽然變成我媽了？」

她臉上一紅，滿是抱歉跟害羞，好半晌才說：「對不起。」

微笑，看著她上樓後，又多等了一下子，雖然不知道她住哪一戶，但我就是想多等這一會兒，然後這才慢慢掉頭，出了巷子。夜風涼透，而我的心卻很暖。雖然囉唆得有點像我老娘，不過我非常非常、非常非常、非常非常喜歡她這麼做。

我想，是跨過那條線了吧？迎著風回到東海，大度山今晚遜色了，我不時回頭遠望台中市，燈火依舊璀璨繽紛。那城市裡住著一個不算絕美，但卻深深吸引我的女孩。她的個性很有趣，把朋友跟陌生人分得很開，從認識她的第一天起，直到現在，我深深體驗到這之間的差別。

雖然還有很多關於熒繡的事我不了解，也可能那些我所不了解的，在了解後會增加我們之間的複雜性，但沒關係，我只是很單純地喜歡一個人，至少這一點是絕對肯定的。

想著，我輕拍FZR的油箱，今晚多虧了它，不但贏回了面子，也贏到了我夢寐以求的一份感覺。我想明天下午應該把車騎去保養一下，這樣折磨它一趟，或許得換點機油之類的什麼東西都好，至少在貓咪回來時，得原封不動地把車交回去。

不過這個想法在幾分鐘後被打破了。我還在爲了這一晚的勝利而傻笑時，FZR已經載著我轉出大馬路，進入了巷子。我們宿舍就在巷口的第一間，而我還來不及停車，就看見有個黯然蕭索的身影坐在騎樓邊的階梯上。

「我親愛的徐……雋……哲……」那個人在我停車後走了過來，屈身下去看了一下輪胎，用陰森森的口氣叫了我的名字。

「這個……」我還來不及解釋。

「你他媽的，這兩顆輪胎價值多少錢你知道嗎？」貓咪搖著頭，用絕望的語氣對我說：「你眞該慶幸我這趟去台東，身上帶的錢不夠，沒有買回那把番刀的……」

我願意付出可以付出的一切，只要她看見我在這裡。

13

「輪胎磨平，齒輪有點鬆脫，油路好像怪怪的。」檢查過車子，貓咪上來之後開始將車子的狀況一一數給我聽。而我在他出去試車時，把他帶回來的一整袋東西全都倒了出來，裡頭有一堆原住民的玩意兒，包括一頂帽子、一件衣服，還有一副兒童版的袖珍弓箭。

「你從台東帶這些回來幹麼？」沒理會他的數落，我問。

「酋長送的。」貓咪很自豪地告訴我，他這趟去造訪台東一個深山部落，酋長對他十分禮遇，特別致贈了部落裡很多傳統物品給他。

「『頭目』才對吧？」我懷疑地看著他，這個人不會吃飽撐著跑到山上的部落去做什麼好事，其中必有內情。「你去把頭目的女兒嗎？」

「乾女兒。」他滿臉得意的表情，「在我們學校念英文系的那一個。」

我就知道。大老遠跑到山上去，也不曉得花了多少銀子，結果只把到頭目的乾女兒，眞是敗給他了。

文心路上一趟競速，對貓咪的FZR果然大傷，他把車送到附近的車行去，又打了幾通電話給他們俱樂部的朋友，調來不少零組件，當然，這些錢都是我付的。

接下來的那幾天裡，我變成一個很心不在焉的人。上課時雖然教授不介意，不過同學們都感到疑惑，因為每節課都會有那麼幾次，我把調成靜音的手機拿出來看一下。練團時阿邦也注意到了，每首歌練完，我總會檢查自己有沒有未接來電。

但是，沒有，什麼都沒有。除了幾張修車的帳單跟收據，證明我確實在文心路上飆贏過熒繡一次，其他的什麼都沒有，那個電影或表演之約，好像隨著我皮夾裡的鈔票們一起灰飛煙滅了似的。很想直接打通電話過去，或者乾脆到寒舍找她也可以，但我總不免又想，這樣做豈不猴急？而這麼猴急的動作會不會影響到大局？我看著貓咪這些天來，每個晚上都抱著手機呻吟的淫賤樣，心中不斷提醒自己，絕不能變成跟他一樣的畜牲。

所以就這麼一直等了好幾天，才接到熒繡傳來的訊息，問我想不想到世貿中心去看重型機車展。那時貓咪就在旁邊，聽到我歡呼一聲，他把手機拿過去，看完後，冷冷地說了一句話：「不過是約你看個展覽，就高興成這樣，哪天她要是吻你，你不就興奮到腦溢血了？」

沒跟他計較，能有這樣的緣分我就很開心了。雖然人生如白駒過隙，什麼事都應該積極，但我想愛情是急不得的，能跨過橫越在我跟熒繡之間的那條線，變成她的朋友，這我已經很滿足了。

「果然這些車只能看看而已。」雖然是星期天，不過台中世貿依然冷清，真懷疑台中人到底知不知道這城市裡也有世貿中心。我們在會場逛了逛，每輛車都有簡介，也有附註公定價，看了讓人咋舌，而也因爲那價錢的緣故，我們其實不太認眞看車，反正怎麼看也買不起。所以走在會場裡，我們聊的反而是熒繡她二姑姑家的兩隻貓，還有那些貓在熒繡手上留下的抓痕。我想這也好，至少比起認識這些重車，我更想認識跟她有關的一切。

但除了聊到貓時，臉上有多點笑容之外，大部分時候裡，熒繡並沒有特別開心的表情，彷彿她只是個陪客似的。逛完展覽，在世貿附近的便利商店前駐足，她問我怎麼沒約貓咪一起來。

「爲什麼要約他？」

「因爲他騎ＦＺＲ呀，感覺上應該會對重車有興趣才對。」

點頭，我說那是因爲貓咪還有更重要的事要做，星期五傍晚一下課，他就已經整理了行李，陪著頭目的乾女兒又回台東去了，這週末部落有豐年祭之類的活動。

看著熒繡的微笑，我沒有跟她多說，事實上，這個星期五下午，也就是前天，我跟貓咪就蹺課來看過展覽了，今天只是陪她來的。

「你對這種重車有什麼看法？」發著呆，她又問我。

「基本上，我覺得在台灣騎這種車根本就是找死。」我搖頭，「一來路太爛，二來車太多，想找一條可以飆車的路都很難。」

「文心路上你不也飆了？」她打趣著。

「也不是常有的事呀。」我笑著說：「玩團的人，身體裡一定存在著某種搖滾樂的細胞，會在必要時發揮化學作用，驅使著人去做一些瘋狂的舉動。我們稱之爲『搖滾樂的靈魂』。」

「是這樣的嗎？」她露出懷疑的眼光。「連交個朋友都得這麼驚世駭俗？」

「妳不會這麼簡單就相信了吧？」我已經快憋不住笑了。而我原以爲熒繡會罵句髒話，或者乾脆捶我兩拳的，結果她卻整個面紅過耳。

今天難得地，她穿著一身白，白色的合身襯衫跟白色的裙子，雪般的顏色讓她臉上的紅暈更加明顯，我腦海裡忽然閃過金庸先生在《神雕俠侶》裡對小龍女的描述，但可惜的是我兩條手臂都還在，既沒練成黯然銷魂掌，身邊也沒有雕，只有插上鑰匙，發動電源時，排氣管會發出嘈雜聲響的小迪奧而已。

今天熒繡沒騎車，搭著公車來世貿，我不想看見一個美女跨坐在破爛的小綿羊上，所以看完展覽後，乾脆陪她一路搭公車又回台中，反正客運非常方便。

「看來今天的展覽好像不夠精采。」熒繡說：「我聽到有重車展覽時，還以爲你一定會急著想看，所以才約你一起來。」

「怎麼，不是妳想看嗎？」我愣了一下。

然後我們笑了。她笑起來很甜，不過可惜的是，認識以來，熒繡的笑容永遠都是淡淡的，似乎還沒見她眞正大笑過。

「FZR是貓咪的車，他才是最該來看展覽的人，而其次是妳，最後才是我。」一路走回莒光新城，我說。

「我自己的車也不是FZR呀。」她說著，忽然臉色一黯，像是想到了什麼，然後便停下了話題。

隱約中，熒繡似乎有著什麼心事，我沒多問。慢慢走回那個我跟蹤她時被她活逮的巷口，熒繡止住腳步，躊躇著，像有話梗在喉嚨。

「是朋友的話，妳就可以說妳想說的。」終於忍不住時，我也只能這麼開口而已。

「阿哲……」她抬頭看了看我，旋即又低下頭去，臉上滿是爲難。

「這幾天我回台南去一趟，本來想處理一些問題，但卻不太順利。」話說得很慢，她連措詞都很辛苦，「有些事情可能不太容易讓你明白，因爲盤根錯節的，很複雜。」

「我可以等妳想清楚再說。」我說。

「我原本也以爲自己可以等，等時間久了，感覺淡了，或許就沒事了。」她搖頭，「但後來我發現這樣不行，不是每件事，都可以用等待的方式去淡化處理。」

「所以呢？」

然後她沒再說了，雖然沒有滴下眼淚，但我已經看見眼前的女孩眼眶泛紅。

「沒關係，我說了，我可以等，等妳整理好了，想告訴我時再說。」我還是沒有拍她肩膀，或給個擁抱的勇氣。

傍晚，天空漸暗。熒繡慢慢地走進巷子裡，而我則點了菸。關於這個女孩，我很難像對小狐狸一樣地對待她，因爲雖然認識小狐狸的時間長一點，大家非常熟悉，但身處同一個樂團之中，小狐狸比較像是我們的戰友，具有革命情感，然而熒繡卻不然，她之於我，是一種家人般的感覺。

只是這中間可能還隔著很多屏障，而我連這些屏障究竟是什麼都還搞不清楚。不過沒關係，我想我是可以等待的。儘管等到最後是什麼結局，誰都一點把握也沒有。

我可以等，只希望有一天能等到一個答案，無論好或壞。

14

很多事情，雖然我覺得我可以等，但現實卻不見得會多給一點時間。拿著樂譜，跟貓咪、小狐狸窩在工作室討論轉調的問題，原本一首很民謠風的曲子，阿邦把鼓的節奏編得很搖滾，跟著貓咪的Bass又在搖滾中加入龐克風格，以致於最後只好改變整首歌的唱腔，去配合這樣的強烈調性，而既然什麼都要改了，我跟著建議大家，不妨在歌曲行進中進行轉調，讓它奔放得更徹底一點。

「就是非得要我死就對了。」小狐狸皺眉，「這樣很難唱。」

我們以前不是沒有嘗試過歌曲中轉調的玩法，不過因爲這次的曲子速度很快，所以相對地難度就提昇了，我們各自想了好幾天，也練習了自己的部分，但是綜合起來一討論，原來還是玩音樂最資淺的小狐狸問題最多。

「怎麼辦？」愁眉苦臉地，小狐狸問大家。

「需不需要幫忙唱？」我問她，至少合音我可以幫得上忙。

「我可以給妳個人特訓。」貓咪用很色的眼神跟口氣對她說。

「她什麼都不需要，一個星期時間，我保證她會唱得很好。」調整好了鼓，阿邦走過來對大家說。一雙大手按在他妹妹的腦袋上，我們聽見他對小狐狸說：「妳一定可以的，因爲我知道妳要是不努力的話，主唱的位置就會被換掉。」

有時候我很羨慕小狐狸，因爲她有個極具主見與想法的哥哥，可以帶著她往前走，在音樂這條路上一起衝鋒陷陣，那總好過一群初出茅廬的小夥子無頭蒼蠅般地瞎撞。不過有時我也很同情小狐狸，正因爲她有一個實戰經驗很豐富的哥哥，所以什麼事都逃不過他的法眼，任何一點小瑕疵都會被嚴厲地要求跟訂正，以致於現在她生不如死。

「乾脆直接跟他說換人算了。」喝著啤酒，我們窩在學校附近的小 PUB，這兒很隱密而安靜，晚上十點多了還只有我們兩個客人。小狐狸拿著酒瓶，開始有點搖搖晃晃。

「這樣唱下去，還沒機會出頭天，我的嗓子已經報廢了，就算嗓子不報廢，精神也崩潰了。」大口喝完，她又跟吧台小姐要了一瓶海尼根。

「我倒是很佩服你們，你跟貓咪。」她醺醺然又喝一口，說：「你們怎麼忍受得了他？我認識胡振邦二十年了，這個人從小就一板一眼，字典裡沒有『轉圜』這個詞。我經常在猜，他跟我老爸個性很像，所以他們是父子沒錯，但我大概就是領養的，否則爲什麼我們老是合不來？」

醉眼歪斜，她茫然的視線盯著亮綠色的酒瓶看，下巴則直接靠在吧台上，「古板、龜毛、頑固，簡直不可理喻，這個男人我看一輩子都交不到女朋友了。」

沒講話，我始終安靜地聽著，而見我不開口，她用手肘推推我，「你覺得呢？我如果退團的話，你覺得換人會不會比較好？至少換個不是他妹妹的人來唱，也許他說話會客氣點？」

「妳唱不好，頂多被他打個半死；妳說要換人，大概就看不到明天的太陽了。」想了想，我說。

然後我們陷入了一片寂靜，小狐狸悶不作聲，但當我發現時，她的眼淚已經流了滿臉，嚇得我趕緊跟吧台小姐要面紙。

「阿哲，你跟我哥說一下，就說我不唱了，好不好？」她哽咽著。

能答應嗎？當然不能，要是我去幫她說這種話，阿邦可能會拿鼓棒戳死我。可是不答應的話，任由小狐狸這樣哭下去也不是辦法。

「唱歌一點都不好玩，他騙人！」忽然，她聲音大了起來，像小孩子耍任性似的，嚷著：「哭腔太多了，要改！歌詞唱錯了，沒背好！搶拍、拖拍！跟不上樂團的演奏！媽的，到底還要我怎樣嘛！」很想摀住她的嘴，雖然沒有其他客人，但這樣任由她亂吼亂叫的也不是辦法，正煩惱著不知該如何是好時，結果我的手機卻響了。

來電顯示是熒繡，心裡先是一愣，沒想到她會在這時候打來，而跟著又是一慌，因爲小狐狸的爆炸性哭嚎才方興未艾，急忙中我請吧台小姐幫我看著，然後拿電話到外面去講。

煢繡的聲音很輕，但聽得出來有鼻音，她始終嘟噥著說些讓人聽不清楚的話，於是我只好又走進店裡，窩在廁所中，勉強才能聽到她說話，而她說得很簡單，只有兩句：「爲什麼人不能是自己的樣子？爲什麼人非得按照別人眼裡看出來的樣子活著？」這兩句說完，我聽見了電話裡的哭泣聲。

今天晚上，我聽見兩個女孩的哭泣聲。她們的容貌各異，但都算得上是中等美女；兩個人對我的重要性雖然不同層面，但也難分軒輊，不過當她們同樣傷心難過時，我卻立刻知道自己該如何取捨：當這通電話掛完，我立刻就撥給貓咪，叫他立刻排除萬難，馬上趕到這家店來接小狐狸，而我結了帳，又託付了吧台小姐，順便還給她一筆可觀的小費，請她代我照顧旁邊這位讓人憐愛又難捨的女孩，然後走出店門，我發動小迪奧，台中市區有點距離，我不想浪費任何一點時間。

妳需要我時，我都會在。

15

今年冬天來得有點早，車速不快，但涼意還是隨風透進衣服，讓我一路哆嗦著進入市區，直接騎到火車站來。雖有涼意，但我卻不覺得冷，因爲我一直在想，她願意在難過時打電話給我，這比一切都更重要，也更讓我開心。至少她認爲我是個可以陪她難過的人了，對吧？

熒繡又是一身黑，不同的是今晚她的頭髮有點亂，而且還有幾撮挑染的紅色，臉上淡淡的妝也有點化了。車站外已經沒有什麼人，冷冷清清地，她獨自坐在站內的長椅上，冷白色的日光燈映著沒有血色的她的臉。

「要回家嗎？我送妳？」我問，但她沒回答。

於是我陪她坐下，無意識地望著剪票口上方顯示的列車進出站時刻表上，那紅色燈光排列成的文字與數字。有些班車準點，有些誤點，那都與我們無關，只是在這當下，忽然更突顯出氣氛的冷清與憂傷。

「有事妳要告訴我，好嗎？」我說。

但熒繡卻連點頭都沒有，她沉默著。或許在等我的這段時間裡，她已經讓情緒平復了不少，所以沒有眼淚滴下，只是這種氣氛卻更加沉重。

我沒留意到時間，但有兩班列車一南一北地停靠又啓動，載走了許多面帶倦容的人。等車站又歸於寂靜，熒繡這才站起身來，問我能不能陪她走走。

這時間能走到哪裡去呢？市區雖然無風，但涼意逼人。熒繡縮著身子，有點茫然地過了馬路，除了亦步亦趨地跟著，怕她跌倒之外，我還得留意左右是否有來車，因爲她壓根兒沒在看路。

到車站對面的便利商店裡買啤酒，這是今晚第二個女孩在我面前喝酒，而且一樣的喝法，都是不顧一切，想把自己灌醉般的痛飲。坐在便利商店外的人行地下道入口處，六瓶罐裝啤酒，我喝一瓶的時間裡，她已經喝了三瓶。

「慢慢喝。」我皺眉。但她卻苦笑了一下，伸手直接擦去嘴邊的啤酒泡沫。

「我記得你說過，想再多認識我一些，對不對？」很快地，她已經微有醉意，迷濛地看著我，「沒想到你一開始認識的，是我很難看的樣子。」我無言，聽著她繼續說：「本來我想找靖惠的，至少她人在台中，比較近一點。不過她晚上有約了，電話也不通。這麼突然地找你，會不會讓你很困擾？」

「沒關係，我通常都閒著。」我心虛地回答。

熒繡先點一下頭，然後又搖了一下頭，「這跟我想像的不一樣。」她像在喃喃自語，「一切都跟我想像的不一樣。」

安靜地看著她喝完最後一罐啤酒，把捏扁的罐子一一往地下道的階梯下面丟，鋁罐撞擊階梯，發出鏘啷聲響。我還猶豫著要不要多問，熒繡又說了：「我一直在想，爲什麼我們永遠無法接受別人是獨立存在的事實呢？你總希望別人按照你希望的方式活著，可是卻不知道那是不正常的。每個人都是獨立的個體，怎麼能夠勉強對方，按照你希望的方式存在？」

我聽得一頭霧水，不知道她爲什麼要談論這麼哲學的話題？熒繡搖頭，「但這不是最怪的。最怪的是，當你明知道這樣不對，卻還是會爲了一個你愛的人，把自己扭曲變形，壓迫自己原本的個性，去當一個對方喜歡的人。這是愛情，但也不是愛情，我覺得那叫作奴性，可是偏偏自己卻當奴才當得很心甘情願。」

然後我大概就懂了。詳細的細節我沒多問，因爲她的心情已經讓我太心疼。喝完酒，顛顛搖搖走過馬路，我想載她回家，但她卻又搖頭。

「讓我騎車好不好？」在車站外面的人行道上，小迪奧就停在路邊。熒繡問我，跟著抓住機車把手，就要把我往坐墊後面擠。

「確定？」我懷疑。

忽然她綻放出笑容，頻頻說著沒問題，但我都還來不及把安全帽給她戴上，油門一催，小迪奧就先衝了出去。

「不是這樣的吧？」我尖叫一聲。兩手很本能地往前抓，攀著她肩膀的瞬間，忽然自己全身一顫，這是第一次讓她載，也是第一次碰到她雙手與頭髮之外的地方。

不過這種心裡的悸動沒有維持太久。熒繡似乎把小迪奧當成ＦＺＲ了，車一起跑，兩個彎都過得很急，雖然有點冷，但我卻感覺自己在冒汗。

「國小五年級我爸就教我騎車了。我很喜歡這種吹風的感覺，戴上安全帽以後就差了很多。」迎著風，她的頭髮紛紛打在我臉上，不過為了湊興，我還是得笑著附和。

「可惜，我知道我喝太多了，明天早上醒來，一定會忘記今天晚上說過什麼，或者做過什麼。」她的聲音又從前面傳來，我聽得惶恐不已，既然知道自己喝醉了，幹麼還要不戴安全帽騎車？而且還大有橫衝直撞的氣勢。

「阿哲，謝謝你今晚來接我。」說著，車速忽然減慢了下來，風聲漸息，我聽見熒繡輕輕地說：「你喜歡這種風嗎？涼涼的，讓人忍不住就想閉上眼睛的……」那話還沒說完，小迪奧忽然一撇，我嚇得趕緊雙腳蹭地磨行，兩手急忙往前伸，去抓住她已經鬆開的機車把手。

不過儘管抓住了車子，但終究還是晚了一步，就在我碰到把手的瞬間，小迪奧的車頭也已經閃避不開，那當下我只能一邊抓著機車把手，同時一手橫攬住熒繡原來很細的腰，然後任由小迪奧在起跑不到三百公尺後，就這麼重重地撞上了路邊的電線桿。

如果這是抱妳的代價，我願意一輩子都撞車。

FZR

去一個很遠的地方吧！有風、有海，有看不盡的藍天。
在那裡要痛快喝著啤酒，痛快唱著年輕的歌，
直到腳下的鞋穿爛了才回來。

不是每個人都能擁有足堪揮霍的青春，
但至少我們的FZR可以滑行長長的足跡。

16

「報廢它吧？」看著殘骸，一邊打哈欠，貓咪皺眉頭。

很晚了，我跟熒繡勉強把車騎回東海，而回家之前，我們還去吃了消夜，讓她醒酒。回到宿舍樓下時，天都快亮了。

「外殼斜板爆掉了，前叉骨架有點變形，車燈也碎了。」跟熒繡簡單打個招呼後，貓咪略看一下我的車子，說：「加上你原本就有的那堆問題，這種車修了還有什麼意義？」

「當然有。」我說：「因爲這輛機車的行照上面寫的是我媽的名字。」

熒繡其實比貓咪還懂車，不過她雖然酒已經醒了大半，但說話或走路還有點顛三倒四，根本沒辦法好好檢查車輛，所以我們只好回來找貓咪。

「總之，搞定它就對了。」懊惱著，我說：「除非以後你想過著接送我的日子。」

「媽的。」叼著香菸，貓咪罵了句髒話。

一身酒味的熒繡不敢回她二姑姑家，所以我乾脆帶著她來東海。盤算著，我想今天大概得蹺課了，這個夜晚實在太過混亂。天剛亮，也沒上樓，我打電話把貓咪叫下來，初步討論的結果，是最近找個時間到附近的資源回收場去，那兒多的是報廢的舊機車，我們如果需要什麼免費零件，在那邊應該可以找得到。

「那沒事了，我要上樓睡覺了。」換我打哈欠，一想到床要讓給熒繡，而我還得睡地板，就覺得很痛苦。「這樣吧，待會你要上課對吧？」我問貓咪，「那你房間借我睡，我的地方讓熒繡睡。」

「這個嘛……」結果貓咪臉上忽然露出為難的神色。

「怎麼了嗎？」我也呆了一下，心裡瞬間聯想到那個頭目的乾女兒，貓咪該不會把她帶回來了吧？

「如果不方便就算了，我可以搭公車回台中。」熒繡趕緊接話，但現在我關切的重點不是這個，我比較想知道的是，究竟貓咪有何難言之隱，因為想想也不對，倘若樓上的真是頭目的乾女兒，那他應該會很自豪且爽快地說出來才對。

「那個……」貓咪支吾著，臉上有點尷尬。

「你床上到底躺了什麼人？」我瞄他一眼。

就在這個尷尬的片刻，我心裡忽然閃過一個人影，不過直覺地又認為不太可能，本來想直接上樓去瞧個究竟的，結果騎樓邊，我們宿舍的大門忽然打開，一個很甜美的聲音竄了出來，「阿哲，你回來啦？」

大家同時回頭，熒繡很有禮貌地跟她點頭招呼，貓咪臉上是「完蛋了」的表情，而我的下巴則差點掉了下來。

「小狐狸？」我咋舌，果眞是她！

所以我們是四個人一起出去的，貓咪騎FZR載小狐狸，我則跟住我樓下的學弟借了機車。學校附近的資源回收場裡堆積了不少報廢機車，我們跟回收場的管理人表明來意後，對方倒也爽快，說這點小東西不成問題，要我們進去自己慢慢找，可以隨便拿。

「這麼豪邁呀，讓我們隨便拿？」我有點懷疑。

「當然是隨便拿，你看。」貓咪手一指，我們大家同時發出驚呼聲，前方堆積如山的，全都是報廢車輛，層層疊疊，都是用吊車一一堆疊上去的，在這茫茫車海中要找小迪奧的零件，可能得花上好半天時間，難怪人家這麼痛快，一句話，叫我們自己慢慢找，還隨便拿。

貓咪對各種機車的構造都很熟悉，我的小迪奧被他改造過幾次，這款車的零件他更是一清二楚，在那堆機車殘骸中東翻西找，很快地他就翻出來一大堆；而熒繡有在機車行工作的經驗，那些找出來的零件是否堪用，則由她來判定。結果我這個「苦主」反而沒事可幹，跟小狐狸蹲在一邊，我問她這是怎麼回事。

「什麼怎麼回事？」

「昨天晚上呀，妳在貓咪房間幹麼？」我發現自己的口氣還眞像阿邦。

「睡覺呀。」她回答得理所當然。

「妳沒事幹麼跑到他那裡去睡?不是沒車也不是沒腳，好端端地，睡他那裡幹麼?」

「還不知道昨天晚上是誰把我一個人丟在外面的?」結果她瞪我，「我等了好久，喝到身上都沒錢了，貓咪才來接我。那時候都幾點了，我敢回去嗎?」

「妳哥知不知道?」我皺眉，要是阿邦知道了，可能會宰了我們。而我這話剛問而已，口袋裡的電話突然就震動了起來，是阿邦打的，接起來的頭一句話，阿邦就問我知不知道他老妹去了哪裡。

「這下要死了。」我覺得自己快崩潰了。

「如果我說昨天晚上我們只是去喝杯酒而已，其他的什麼都沒發生，你信不信?」捧著一堆零件回來，阿邦已經鐵青著臉在我們樓下。我如是說，而他搖頭。

「然後我就先離開了，跟著是貓咪過去接小狐狸。」心驚膽顫著，我只好繼續陳述，「那如果我跟你說，小狐狸昨天喝得有點多，一到貓咪房間就睡死了，這個你信不信?」我自以爲說得很誠懇，可是阿邦還是搖頭。

「不然這樣吧，」我吞了一下口水，繼續解釋，「我覺得樂團的團員都是一家人，雖然不見得有血緣關係，但還是應該互相扶持，相親相愛，在彼此最需要的時候伸出援手，傾聽對方的心事，這樣才能讓我們更具向心力，也才能更有默契。昨天晚上剛好就是這個理論的徹底印證。我這樣說的話，你會不會比較能接受一點？」

但是阿邦依然搖頭。

我覺得自己已經無話可說了，可是貓咪帶著小狐狸上樓去收拾東西，到現在都還沒下來。我無助地看了熒繡一眼，熒繡也只能以一張束手無策的表情回應我。

又等了好一下子，小狐狸才踩著輕快的腳步下樓，後面是臉色跟我一樣膽怯的貓咪。我們都知道，阿邦的第一專長是打鼓，第二專長就是打架。這時候我們最好皮都綳緊點。

「你幹麼？臉色那麼難看是怎樣？」口氣帶點嬌嗔，小狐狸瞪了阿邦一眼，我不禁佩服起小狐狸的帶種，並看著她把一件大外套跟包包都塞給阿邦，說：「我已經長大了，知道什麼人對我好，什麼人對我不好。我也知道應該怎麼保護自己，你不要永遠把我當孩子看。」

這話昨天晚上小狐狸說得聲淚俱下，跟現在的口氣全然不同，我想她是故意的，只有這一招可以讓阿邦生氣也不是，不生氣也不是。只不過我也擔心，這樣刺激阿邦，搞不好會有反效果，甚至可能還會連累我跟貓咪。

「可以回家了沒有？要是被爸知道，他會打斷妳的狐狸腿。」阿邦的臉色很臭，接過衣服跟包包時，我跟貓咪都看見他已經在握拳，趕緊上前一步，以免他忍耐不住，一拳打爆狐狸頭。

「爸不會知道，除非有人很卑鄙地打電話回家告密。」小狐狸哼了一聲，臉一轉，聲音也一轉，她用很甜媚的語氣對貓咪說：「謝謝你的床，眞的很好睡。」說著，她很突然地在貓咪的臉頰上吻了一下，我還來不及咋舌，小狐狸又對我說：「謝謝你昨天晚上請我喝酒，眞的很開心，有你陪著我，眞好。」然後也在我臉上留下唇蜜的香味。

我跟熒繡還來不及反應，就看見一道影子掠閃而過，然後是貓咪仰頭倒下，還有鼻血噴了出來。

「不是吧？」我叫了出來，隨即看見阿邦一個轉身，那道影子這次我有看清楚，是阿邦的拳頭飛了過來，跟著就是我的鼻血噴得很高。

樂團團員應該像一家人，而這就叫作「為了家人犧牲奉獻」。

17

打了我們一人一拳後，阿邦若無其事地找大家吃飯，我們這才發現，原來今天忘了吃早餐。很可惜地，熒繡沒能一起去，她還得回家。

「還好我姑姑不知道我昨天晚上就回台中了，否則我現在還沒到家，她可能要報警了。」在站牌邊，熒繡笑著說。看著她挑染的幾撮紅頭髮，我想起金髮妹曾經提起，熒繡的男朋友也說過，說如果熒繡染了頭髮，一定很好看。熒繡的男朋友，我在心裡默唸了這六個字一次。

「怎麼會挑了紅色？」我看看她的額頭說。

「你覺得不好看嗎？」她問，但我無法從她的語氣裡察覺出，她到底期待得到怎樣的答案。

「不是不好看。只是不習慣，不習慣妳有黑白以外的顏色。」我說得很中庸，不好也不壞，所以也只得到她一個普普通通的笑容。

「對了，車子的事情……」她有點不好意思。

「沒關係。」我趕緊笑著接話，「如果找得到零件的話，那就可以省很多錢。」

點點頭，熒繡又問起小狐狸的事，我簡單解釋了一下，同時也跟她鄭重說明，阿邦對我跟貓咪揮拳的事其實沒什麼大不了的，因爲他太寶貝這個妹妹了，絕對不允許她受到任何傷害。

「但也不用這麼激動吧？」看著我還塞在鼻孔裡止血的衛生紙，她說。

「眞的沒關係的。」我微笑，「我們像是一家人，一家人就應該這樣打打鬧鬧才好玩。」她點頭，給我微笑，可是卻也又結束了一個話題。我很想再對她多說點什麼，這是第一次她來東海我們宿舍，但卻連上樓都沒有。是否有點顧忌呢？或者有什麼緣故呢？我想是我們的認識還不夠深吧？彼此又陷入沉默中，等了好半晌，大老遠的前方，我看見公車慢慢開了過來。

「其實我不是眞的那麼想染頭髮的。」熒繡忽然說。

我愣了一下，心裡還在想著這句話的意思時，公車已經開到離站牌不遠處，熒繡伸手攔車，然後回頭跟我說聲再見。

「修車的時候打電話給我，白天我上班前都可以來幫忙。」說著，她上了公車，在車門關上的同時，對我揮手告別。

懷著一種如癡如醉的感覺，我慢慢踱回宿舍，貓咪跟阿邦正在研究我的機車，而小狐狸已經又上樓去睡覺了。

「那個姑娘挺正點的。」阿邦說。

「比你妹還正點。」我說，然後他又從我頭上打了一拳。

「貓咪說你在把她，爲什麼？」

「因爲她沒有一個歇斯底里的哥哥。」點頭，我說，然後又被打一拳。

阿邦問起關於熒繡的事，但其實我幾乎是一問三不知。我只知道熒繡現在是在休學狀態，未來有可能復學，或者參加轉學考之類的。

「你告白了？」

搖頭，我說我沒這個膽。

「你有種在文心路上把FZR飆到快破表，卻沒膽子跟一個姑娘告白？」他瞄我一眼。

「那不同。」我搖頭，「就像你可以接受小狐狸穿得像檳榔西施一樣，站在舞台上唱歌跳舞，但卻不能接受她跟男人喝酒或過夜一樣呀。」

「那也不同！」他怒喝一聲。結果我又被打了一拳。

沒加入話題，貓咪一直在檢查我的機車，不斷催動油門。因爲嫌他吵，所以我跟阿邦一起晃到巷子附近的早餐店來。在等待的同時，阿邦忽然問：「你也覺得我管她太多？」

「不是管她太多，而是你已經快把她掐死了。她也是個人呀，都二十歲了，你是應該相信她，給她一點自主空間的。」我試著說出我的觀察與看法，「小狐狸是個很頑固的女孩子，跟你一樣，所以你們需要的是溝通，而不是你一味地打壓，她則一味地反抗。」

接過蛋餅跟豆漿，加了醬汁，阿邦一直沉默不語，直到付錢結帳時，他替我跟貓咪買單，然後說了一句：「這些年來，我讓我爸媽失望的事情已經夠多了，現在我不能再出什麼差錯，當然更不能讓她有什麼意外。」

我覺得很沉重。長兄如父，阿邦這樣關心他妹妹其實也無可厚非，而且這是他們的家事，我跟貓咪也插不上手。

「當初說要找小狐狸來唱歌，我媽第一個就反對，老人家對搖滾樂簡直避之唯恐不及。」阿邦抓抓他披在肩膀上的長頭髮，說：「你知道爲了這顆頭，我跟他們兩個老人家吵了多久嗎？後來小狐狸要加入樂團，我爸還說，以後只准她穿牛仔褲上台唱歌。」

我差點沒笑出來，但也感慨不已。確實搖滾樂總讓人有毒蛇猛獸般的感覺，那些聽慣抒情罐頭的人，可能一輩子也不能體會我們在舞台上揮灑汗水，跟音樂融成一體的樂趣。

「我組過很多團，到現在跟你和貓咪合作，算是最融洽的。我很希望就以這個組合，一路走下去。現在很多事情都開始有眉目了，所以絕對不能出任何狀況，尤其是小狐狸。」阿邦嘆了口氣，「不管是站在哪個立場，我都得管著她。」

這份苦心我可以明白，但那也意味著，這場兄妹間的戰爭只怕還有得打。

走回來，我忽然發現，方才嘈雜的機車引擎聲已經停了，取而代之的，竟是叫罵的聲音。巷口那兒，貓咪站在我撞爛的小迪奧旁邊，手上抓著扳手，正對著斜對面大樓叫罵著。

「吵什麼？」一起走過去，阿邦問貓咪。

「那些人剛才丟罐子過來。」貓咪手一指，我們看過去，斜對面三樓一戶公寓的陽台邊，有幾個年輕人正在叫罵著，那樣子看來應該也跟我們一樣，是賃居在外的學生。

「七早八早吵什麼吵？你們不睡覺，他媽的老子還要睡耶！破爛車子還敢那麼大聲，什麼東西！」很大聲地，陽台上其中一個年輕人又開罵。

「怎麼辦？」三個人站在一起，我低聲問阿邦。

他點個頭，沒有回答我的問題，倒是向前走了幾步，然後我看見他把手裡裝著蛋餅跟豆漿的塑膠袋整個砸了過去，那幾個人急忙閃開，塑膠袋打在陽台上方一點的地方，湯湯水水淋得滿陽台都是。然後阿邦一把把上衣給脫了，第一次，我們看見他身上有一條從胸口一直盤繞過肩頭，栩栩如生而且極其凶悍的龍的刺青。

「不爽的現在可以下來！」虎吼一聲，阿邦朝著對面陽台比出中指。

然後我們就贏了。

盡情地談戀愛，盡情地打一架，這就是搖滾樂的精神。阿邦說。

18

所謂的職業與業餘，其差別就在於專業素養。就機車修理這件事而言，專業與否尤其顯而易見。用大約二十分鐘的時間，貓咪將小迪奧所有被撞壞的東西全都拆了下來，動作極其熟練，螺絲起子、鐵鎚、扳手簡直成了他身體的一部分，除了幾個因為年代久遠，被灰塵泥巴給卡住的螺絲較為吃力以外，其他的都非常順利地拆解下來。

「接著就是把所有的東西給換回去。」貓咪用他沾滿灰塵跟油污的手指拿菸，然後大爺般地要我幫他點火，還說：「修車嘛，不過就是這麼一回事而已。」

不過這種瀟灑與俐落，在香菸點著之後就沒了，拿著從回收場裡撿來的機車斜板看半天，老是有些角度對不上，他說那是前又被撞得內凹的結果，於是我看見鐵鎚毫不留情地敲打一陣；敲了半天，斜板依然卡不上去，他說那是螺絲尺寸有誤，因此拿起鑿子在斜板上另外鑿洞，結果把已經中古的斜板又多鑿裂了兩條縫。

「我覺得……要不要打個電話搬救兵？」我有點擔心。

「不過就是把東西裝上去而已嘛。」他叼著早已燒完的香菸濾嘴，一派輕鬆地說：「可能剛剛我敲得不夠用力，再敲兩下就可以了。」

「是嗎？」我已經對他失去信心了。

「當然。」說著，貓咪抓起鐵鎚，用力朝輪胎上方的前叉鐵架狠狠砸了上去，結果「砰」的一聲，那前叉架子根本就紋風不動，但是我的前輪卻整個滾了出去，一直滾到路中間才停下來。

「你他媽的！」我大叫。

「前叉還好呀，變形不算太嚴重，倒是連結機車把手的車台部分有點變形了，角度不對，所以斜板才會裝不上去。」結果後來是熒繡找到問題癥結。

「是嗎？」貓咪露出完全不相信的表情。

微笑著，熒繡沒有回答，她拿著鐵鎚跟扳手，蹲下來敲敲打打了幾分鐘後，又左右檢視了一下，然後我看見那塊斜板就這樣順利地給裝上去了，每個螺絲的螺絲孔都對得分毫不差，剛好可以鎖上。

所以我說職業跟業餘的差別就在這裡。打了電話，請熒繡撥空過來一趟，正好她今天排休，本來就打算過來關切小油奧的修繕情形。

我把貓咪拉到一邊去，以免在專業人士面前礙手礙腳還丟人現眼。熒繡穿著連身的深色工作服，看起來非常俏皮可愛，不過工作服上到處沾滿了油漬痕跡，看得出那是她以前在家裡的機車行工作時常穿的。

跟貓咪的快手快腳不同，熒繡拆解東西時非常小心，每個拆下來的螺絲她都會按尺寸不同分開擺好，而每拆下來一個零件，也都會先擦拭一下。

「車子呀，有時候你得把它當作是有生命的，好好照顧它，它就會帶你去很多地方。」熒繡說：「所以，不專心騎車，把它撞壞，這是非常不應該的。」

我點頭，心裡有話難言，但貓咪卻替我講了出來：「說得好，不過這次好像是妳把車撞壞的。」

「你到底知不知道你在說什麼？」東西換裝得差不多時，熒繡騎著FZR離開，到附近的機車行去買機油跟齒輪油，打算替我做簡單的保養時，我給貓咪一個肘擊。

「是她撞爛的沒錯呀。」

「那也不必講出來呀！」我瞪他，「不管她說什麼，你點頭附和就對了。」

「就算她說月亮是方的，我也要點頭嗎？」貓咪回瞪我。

「對。」我回答得不帶一絲猶豫。

其實這種簡單的保養工作，我可以自己來就好。不過熒繡被貓咪剛剛那句話講得臉色一紅，大概覺得很不好意思吧，所以堅持自掏腰包，要幫我將小迪奧完全整理好。

趁著熒繡離開的片刻，貓咪從樓上他房間裡拿來一個跟臉盆一樣大的喇叭，一看就知道不是機車用的。他說既然大家要整理這部車，他願意提供私人珍藏配備來送我。

「這本來是裝在哪裡的？」我很懷疑那樣的東西能裝在哪裡。

貓咪嘿嘿一笑，不待我同意，把剛剛熒繡才鎖好的機車斜板又拆開，將那顆超級大喇叭塞了進去。

「裝不下吧？」我覺得很荒謬。

「跟把妹一樣，有志竟成。」他咬著牙，硬是把螺絲鎖上，結果整個斜板全膨脹了起來，我的機車簡直就像頭上腫了個包似的。

這種喇叭會發出什麼聲音呢？熒繡回來後，也覺得很不可思議。換好機油跟齒輪油，我們坐在騎樓邊聊天，現在換貓咪開始接線路。

「其實妳不用那麼介意，這輛車本來就很老舊的。」我想安慰她，但結果反而讓她臉上又是一片紅。

「還好啦。」她笑得很靦腆，「其實我還挺喜歡修車的。」

「喔？」

「你不覺得那是一種很單純的快樂嗎？當你遇到一輛有問題的機車時，就開始想辦法測試它，找出問題所在，然後修好。比起世界上大部分的工作來說，我想，這算得上是單純而且容易的。」

「單純是真的，容易可未必。」我指著正在接線，接得滿頭大汗的貓咪，「像眼前這位仁兄就不是。」

熒繡笑了一下，「他算不錯了，至少他有很多怪主意，修車玩車的人就需要這種精神。」

「那也得有我的配合呀。」我哼了一聲，「每次都是我的小迪奧在當他的實驗品。」

「所以我還挺羨慕你們的。」她點頭，「我本來就沒有什麼朋友，台中的熟人就更少了。靖惠跟我很好，不過她太忙了，而且我們的興趣完全不一樣，再說，我也只是暫時留在這裡而已。」

我想我還沒心理準備，要去跟她談未來的問題，所以只能問問她的興趣。

「旅行呀，拍照呀，看看別人寫的東西呀。」她忽然想到什麼似的，問我，「說到這個，好像你差點被我撞死的理由，是跟一篇你寫的小說有關？最近還寫了些什麼，有機會都借我看看吧！」

「有機會的話……」乾笑，我有點汗顏。事實上最近我一點屁也沒寫，一來樂團練習很緊湊，二來我的心思都在身邊這個女孩身上。

「最好快一點唷，因爲不久之後，也許我會回台南去，幫我爸打理機車行。」她還是提到了，「整天在泡沫紅茶店打工也不是辦法，書總得念完，只是我希望念的是自己想念的。」

「如果妳的志願是當一個修車行的女老闆，那要大學學歷幹麼？」

「如果你想當一個修車行的老闆，而且是個非常懂車的老闆，那就會需要很多理工科的知識，力學就是其中之一，這可是非常重要的。」她說：「所以我會再跟我爸談看看，希望他別再堅持我讀商業科系，哪怕是重考都沒關係。」

點頭，我很想說幾句佩服她的話，結果她的下一句話就讓我心都冷了。熒繡說：「而且我男朋友也在南部，他讀的也是工科。」

我猜她大概還不夠了解我的想法吧，再不然就是我的表達能力有問題，可是到底什麼地方出了錯呢？腦袋裡還在胡思亂想之際，熒繡忽然掏出她口袋裡的長皮夾，給我看一張照片。照片中的情侶一前一後，一個看起來髮型與衣著都很日式的男生，從女孩的後腰抱著她，女孩的頭髮很長，穿著我沒見過的紅色外套。那是一張由女孩拿相機的自拍照，從上往下拍，兩個人的上半身都入鏡，也都笑得很開心，甜蜜蜜地，快要膩死我。

「他。」熒繡說：「念水利工程的。」

「喔。」我回答得有點意興闌珊，不過熒繡沒有察覺。她還想多講點什麼時，貓咪忽然站起身來，興奮地叫我們過去見證他的偉大創作。

「現在，讓我來啓動電源，讓你們聽聽看，什麼叫作驚世駭俗、震古鑠今的喇叭聲。」他很驕傲地說：「雖然可能會嚇壞很多路人。」

「爲什麼？」

貓咪沒有回答，又是那種令人不寒而慄的嘿嘿笑聲。他把機車鑰匙插上去，然後轉動開關。按理說，機車電源開關啓動後，你還得按下喇叭按掣，才能聽得見喇叭聲的，但這隻笨貓不曉得是怎麼接線的，他才剛轉動電源開關而已，我們就被嚇了一大跳。那是一道非常沉雄有力而且宏亮到不行的砂石車喇叭聲。

「靠！」我大吃一驚，趕緊問他是怎麼回事。

「什麼？」但是綿長不絕的喇叭聲已經蓋過了我們能發出的所有聲音。

那當下我們三個都慌了，正在手忙腳亂間，忽然喇叭聲開始快速地低緩下來，終至無聲。

「怎麼回事？」我的耳朵裡還轟隆隆地震痛著，走上前一步問他。

「好像……」貓咪有點尷尬，他按按機車上幾個電燈開關按鍵，然後帶著不好意思的口吻說：「好像整個電瓶都燒掉了……」

職業跟業餘的差別就在這裡。我跟熒繡說，妳的機會又來了，繼續修車吧。

19

「所以你還有什麼勝算？」一起赴約，阿邦問我。

「有志竟成，貓咪說的。」我回答。

「但是他把你機車的電瓶給燒了。」阿邦又說，害得我無言以對。

樂團的四個人分乘兩部機車到市區來，就約在熒繡打工的寒舍茶館見面，今天阿邦約了一位唱片公司的音樂製作人見面，剛剛熒繡上來點單，跟大家寒暄了一下，然後阿邦問起那天修車的事。

我也覺得自己一點勝算都沒有了。那天燒了電瓶後，貓咪被我打了幾拳，然後趕到樓上去。我陪熒繡在附近的小公園裡晃了一下，聊到她的男朋友。

「我們認識很多年，從國中時我就開始暗戀他了。」熒繡很靦腆，「不過國中的時候我很胖，人緣又差，所以很自卑，而且他成績很好，多的是女生喜歡他，根本也輪不到我，他沒跟其他同學一起欺負我就算不錯了。平常上下課，我只敢遠遠地看著他而已，而他則從來沒眞的注意過我。」

「被欺負？爲什麼會被欺負？」我直覺地想到熒繡的個性，她現在會習慣性地對陌生人採取防衛的基本心態，或許跟這有關？

「因為有些人天生就長得一副衰樣呀。」她苦笑。

「人都有當醜小鴨的時候的。」跟著笑了一下，我嘴裡安慰，心中卻想，那我這隻醜鴨子未免當得太久了吧？

「國中快畢業的時候我才跟他告白，但說是情侶也不是情侶，因為那時候我們其實什麼都不懂。一直到高中快二年級，我們才算真的在一起，雖然分分合合過幾次，但是到現在也好幾年了。」

「那以後呢？」

說到以後，熒繡的臉上有黯然之色，「這個我也不知道。」她告訴我，回台中前，就是撞壞小迪奧的那天，他們在台南吵了一架，但說是吵架也不太對，因為熒繡是個吵不起來的人，所以只是那男生單方面地生悶氣，而熒繡也憋著一肚子的壞心情。

「我可以問原因嗎？」小心翼翼地，我問。

「他對女朋友有很多的要求，盡可能地希望我照著做。抽象一點地說，就是他自己心裡有個原型，而我並不符合那形象，就這樣而已。」摸摸頭上的紅色頭髮，她說得很輕鬆，但語氣中卻藏著滿滿的無奈。所以我可以明白她會挑染紅色頭髮的理由了，那就是她對自己所做的扭曲之一吧？

「那怎麼辦？」我又問了一個把自己打進地獄裡的問題，而她是這麼回答的：「不怎麼辦，想繼續在一起的話，就只好盡力配合囉。」

「所以她是在配合他，不是在配合你。」阿邦問我。

「是呀。」我苦惱。

「可是你沒跟她說，其實換個對象的話會輕鬆一點，因爲如果換成你，就是你配合她了。」阿邦又說。

「是呀。」我還在苦惱。

「那也就是說，照這樣下去，你永遠都只能當她的朋友，但就算是最好的朋友，也距離男朋友十萬八千里。」

「是呀。」我已經快哭了。

能有什麼辦法呢？我可以積極地做很多事，但我實在不想被發一張「好人卡」。嘆口氣，我悶悶地抽菸，正好熒繡揭簾進來，送上飲料的同時，剛好也是那位製作人抵達的時候。

事實上，我不太知道今天這個約究竟是要談些什麼。一直以來，除了學校裡的各項表演，我們的「自由意識」偶爾也會在阿邦一些朋友的店裡表演，甚至零星地，如果有公司或店家有音樂上的需要，我們也會跑跑場子，賺點零用錢。在這些表演裡，除了演奏大家耳熟能詳的音樂，當然也會「偷渡」幾首我們自己的創作曲在其中，藉這些機會，讓大家認識「自由意識」。

那個製作人穿得很休閒，也頗有音樂人的味道：略長的頭髮，戴著黑色圓框眼鏡，一身褐色系的雅痞打扮，遞上來的名片，職銜是音樂製作總監。

我跟貓咪的心裡都嘀咕著，居然可以跟這樣的人物坐在一起喝茶，感覺非常詭異。小狐狸一派天眞樣，掌心裡的手機按個不停，老是有傳不完的簡訊。只有阿邦是最鎭定的，他一直很專心地聽著那位製作人講話。

「以我們公司來說，過去做的主要都是國外的音樂，但那非常簡單，根本不需要太大規模的組織就可以完成相關工作。我們只需要幾個人，負責把文案翻譯成中文，做一點適合台灣市場的行銷包裝就夠了。但最近公司開了幾次內部會議，我們都認爲應該可以多擴張一點經營版圖，這也是今天我會下台中的原因。」雅痞製作人說：「台灣現在是流行偶像跟樂團的時代，對吧？」

見我們大家點頭，雅痞製作人接著說下去，「但是我們有我們自己不同的想法。流行偶像需要大量的資金，才能在媒體上廣泛曝光，可那有什麼意義呢？你花了大把銀子，難道只爲了捏造出一個看似載歌載舞，但卻毫無實力可言的歌手嗎？所以這一點我們是不認同的。」

雅痞製作人看了我們四個一眼，又繼續發表意見，「說眞的，現在台灣的樂團也實在太多了，我相信你們也一定有觀察到，眞正會紅的，都是市場性非常強的樂團，他們有一定的主流味道在裡頭，不管是做出來的音樂，或者在唱腔部分，在某種程度上，都迎合了市場口味。這樣的樂團，其實就是一群偶像的結合而已。關於這部分，就牽涉到我今天來的第二個目的。」

這些論點我們都很清楚，也因此才更想知道眼前這位老兄有何高見，他不疾不徐地喝了口茶，說：「我們希望可以發掘出更多的好音樂，而且是原創音樂。沒有高知名度，也沒有發片經驗，但卻已經能夠獨立作業，創作屬於自己樂團的音樂，這樣的樂團是我們想要的。」

阿邦點點頭，這些確實我們已經做到了。

「所以今天我想來認識你們，想知道你們對於音樂的看法，因爲那跟大家可以在這條路上走多久息息相關。」他說著，眼睛看向阿邦。

「至死方休。」阿邦回答得很明快，而且堅決。

「我很想談戀愛，但我更想彈 Bass 。」貓咪說得很輕鬆。

「上帝生給我一副嗓子，就是叫我唱歌。」小狐狸忽然停止玩手機的動作，一派認眞地回答。

「我想我的吉他比我還會講話。」最後是我。

雅痞先生非常開心，他說我們的外型與對音樂的執著，都讓他非常欣賞，但想製作一張專輯卻不只這麼簡單而已。首先我們要將所有屬於樂團的創作曲都做個整理，得先錄製Demo帶給唱片公司，然後由他們篩選，挑出適合的歌曲，而標準包含了曲風、類型，當然還是免不了會有市場考量；接著要有一定程度的體能訓練，畢竟一旦簽約後，我們會花上很多時間跟精神去錄音、拍攝音樂錄影帶，甚至還有跑不完的表演場，而看似繁複的工作，全都必須在短時間內完成，因此體能是重要關鍵。爲此，我們特別約定了下次見面的時間，雅痞製作人也邀請我們有空的話，不妨到他們台北的總公司去一趟，了解一下唱片的製作流程與企畫方式，這樣會對他們更有信心。

笑著跟他道別，小狐狸顯得很興奮，阿邦臉上也露出了笑容。感覺上有點像在作夢，雖然現在地下樂團發行唱片已經是很稀鬆平常的事，但這機會忽然從天上掉到我們眼前時，難免讓人有置身夢裡的感覺。

「還是平常心一點吧。」忍著喜悅，阿邦說：「做我們平常該做的事，不要到處聲張，歌好好練就好。其他的，等下次上台北時再談。」

我們一起點頭，小狐狸忽然問阿邦，「那我可以把這件事告訴瑞瑞嗎？」

「誰?」阿邦一凝眉。

「瑞瑞呀,」小狐狸喜孜孜地說:「你知道的嘛,『月牙』的吉他手呀。」

她這一說,我們腦海裡同時閃過一個身影,那是去年社團成果發表會上,「月牙」樂團成軍後的第一次表演,這個團的樂手全都是一年級的學生,不過實力並不差。那天演出,他們全體穿著日式和服,表演的全是日文歌曲,而其中站在舞台最前面,因爲車禍的緣故,腿上還包著繃帶跟紗布,呆得跟木頭一樣,毫無吉他手自由揮灑的狂放,臉上也呆瓜般沒有什麼陶醉表情的吉他手就是瑞瑞。

「他跟妳什麼關係?」阿邦的聲音慢慢壓低,臉上露出殺氣。

「關你屁事呀?」小狐狸瞪他。

「給我站起來!讓我好好教訓妳!」我已經聽不下去了,留下這對開始吵架的兄妹跟等著看好戲的貓咪,我決定下樓去找熒繡,跟她分享這個好消息。走出包廂時,正好是阿邦開始虎吼的時候。

大白天的,寒舍沒什麼客人。我走到樓下,櫃檯邊沒有熒繡的身影,再走到外面,剛好雅痞製作人正要上計程車。

「聽阿邦說你的吉他彈得不錯,沒有那種速彈派的毛病,倒是多了很多感情在裡頭。」關上車門前,他對我說話。

「哪裡。」我有點不好意思。

他叫我好好加油，而我則祝他一路順風，車門關上，我看見黃色的計程車自眼前往右邊開走，而順著車子離去的方向挪移，我的視線看過去，卻看見熒繡站在馬路對面，而她面前還有一個男生。那男的我見過，在照片裡。

我的吉他比我還會說話，而且只說給該聽見的人聽。

20

沒有走過去多問，我很識相地站在寒舍門口，看著熒繡跟那男生。他們的對話我聽不到，而就算聽得到，可能我也不太想聽。這是頭一次，我看見她的「男朋友」。「男朋友」，是那個男生之於熒繡的代名詞。我跟自己說，不用太介意，那其實也沒什麼，你總不能要求人家在認識你以前的二十年裡都心如止水，完全不談戀愛。而當人家有了一段愛情時，也不能因爲你的出現，就琵琶別抱地跟著你。

當然，雖然我這樣跟自己說，可是卻壓根兒不可能接受這種理論。低頭看看自己一雙手一雙腿，我也是個很正常的人，當然會有私心。雖然這份私心，還一直找不到機會讓她明白。

後來熒鏽跟他一起走了，我想也是下班時間了吧？所以那男生才來等她。我悵然若失地上樓，這邊阿邦跟小狐狸還吵個沒完，一見到我回來，他們反而安靜了。

「你的表情比吉他手被宣告手指殘廢還要悲情。」阿邦說。

「你看起來像是胸口插了一支箭。」貓咪指著我說。

「而且還在淌血。」小狐狸跟著補一句。

「我們去吃飯吧。」而我說：「你們請客。」

或許是太在乎的緣故，那一幕一直存在於我心裡，而且揮之不去。不管是在教室裡上課時，或在工作室練習時，乃至於在樂器行教學生時，我總在短暫的休息時間裡，讓那個畫面悄悄映上腦海。

小狐狸說得沒錯，這樣下去總不是辦法。那天教她幾個轉調的樂理時，我們又聊起這件事，她建議我應該更勇敢一點，說什麼最近在系上聽到一個演講，有位寫愛情故事的作者，勸勉大家在愛情這條路上要勇於告白，算是給彼此一個機會，而無論成敗都沒關係，重點是不要留下遺憾。

「這個作者一定是天秤座的。」我鼻孔裡哼了一聲。「說得那麼簡單，告白失敗，難看的可是我們。」

「可是我就成功了呀，至少我把到瑞瑞了！」小狐狸雀躍地說著，又不忘提醒，「這件事你可不能跟我哥講。」

我不太相信這種理論的實用性，但確實我知道自己該做點什麼。整理了一點以前寫過的東西，也重新黏好了那份被貓咪撕爛的小說稿子，我騎著雖然沒有喇叭，但是已經換好電瓶的小迪奧，一路晃到市區來。

當然拿這些文字給熒繡只是幌子，我想多認識她一點，便決定這次姑且聽從小狐狸的意見，給自己，也給別人一個機會。只是誠如我在這一切開始時就已經領悟到的：人算永遠不如天算。傳了封訊息給熒繡，問她下午是否有空，她回覆給我，說今天有事，不過很歡迎我一起來，因爲她有想介紹給我認識的人。

然後我去了，然後我也後悔了，因爲我認識了我最不想認識的人。

嚴格來說，這位大樹先生不算壞人，事實上人家確實也沒做什麼壞事，他一生當中最不該的，就是比我早認識熒繡，還跟她談戀愛而已。想到這裡，我在心裡罵了句髒話。

見了面才知道，今天熒繡跟金髮妹已經在一中街附近逛了一下午，傍晚等到大樹先生搭車來台中，他們約了一起吃燒烤。

那我來幹麼呢？跟金髮妹坐在一起，對面就是大樹先生，我心裡不斷嘀咕著。讓熒繡替我做了介紹，點頭寒暄後，金髮妹便嚷著要去拿食物。兩位小姐攜手奔向整櫃食材的同時，大樹先生面帶微笑地講話了，「我聽熒繡提起過你。她在台中的朋友不多。」

除了點頭之外我沒有話好說。

「而且我也聽說了你們認識的過程。」他還在微笑，「玩音樂的人確實很瘋狂哪！讓人心嚮往之。」

我有點不懂，而大樹先生立刻就替我解開答案。

「我從來都沒想過，有人會爲了交個朋友，把命拿到大馬路上去飆的。」說完他很誠懇地補上一句：「說眞的，我覺得很佩服。」

不曉得爲什麼，我老覺得這幾句話聽起來有點酸味，像是在諷刺我似的。又點頭，我心裡想，對啦，老子拚死拚活的結果，就是坐在這裡跟你吃飯，媽的。

「你們樂團經常有表演嗎？在台南我不常有聽現場的機會，而且也不認識什麼玩音樂的朋友，下次如果有演出的話，跟我說一下吧，可以嗎？」還是那麼誠懇的表情，誠懇得讓我好想扁人，這個人一定很死腦筋，否則不會蠢到連金髮妹都說我是司馬昭之心了，他卻還懵懂成這樣。而跟著我又想，確實這個人的腦袋裡一定灌了很多水泥，不然又怎麼會把自己期待的理想對象的樣子，套用在現實中活生生的人身上？

「最近的現場表演可能比較少，我們在準備要進錄音室了。」心裡飛快地轉著思緒，但我嘴裡還可以接得到他的話題。

「要發行唱片嗎？」

「應該說是錄製，還不算發行。」我解釋，「錄音是錄音，任何人都可以去錄音，但是不是每個樂團都可以發行唱片。因爲錄製音樂是樂團的事，發行唱片則是唱片公司的事，這不太一樣。」

我猜他大概不太明白我的意思，不過反正我也沒話題，乾脆就多解釋一點。「只要你有錢，一般人也能去錄音室錄音。你可以進錄音室去錄製你自己的紀念專輯，反正錄出來只有你自己收藏。但是唱片公司的作法就不同，他們會有很多規矩，因爲這攸關錄出來的東西是否能賣錢。」

大樹先生一臉恍然大悟的表情，然後開始問起FZR。

「那是我朋友的車。」我說。

他又問了些跟貓咪那部車有關的問題，還說他也是「FZR俱樂部」的成員，不過因爲人在南部，所以通常只在這俱樂部的網站上留言，從沒去參加過聚會，有時候跟人家交換零件之類的東西，都請熒繡去代拿。我微微點頭，想起曾有一次跟貓咪在那個俱樂部的聚會場所外遇見熒繡。

談話間，兩個女孩已經端了食材回來，接著又去拿飲料。

「她常說你是個很善良的人。」看著熒繡的背影，大樹說：「因爲你很貼心，會知道在別人需要的時候，適時地給人安慰或幫助。」

「我有嗎？」一臉疑惑，其實我自己也不知道是否眞有這回事。而且我非常不喜歡「善良」這個字眼，它相對的意思就是「好人」、「爛好人」，某些時候甚至可以解釋成「倒楣鬼」，而我覺得我就快要是了。

「像我就不行，」他苦笑，「熒繡常跟我抱怨，說我太不懂她。」

「愛情是需要溝通的。」我已經不知道我在說什麼了。

「所以你跟你女朋友會經常溝通嗎?」他停了一下,問:「很正經地坐下來慢慢聊,你不覺得很怪嗎?」

然後我眞的無言了。這個人如果不是眞的對我一無所知,就是徹徹底底地想死在我的拳頭底下。

❖❖

我沒有女朋友。我這樣說。

我想要追來當女朋友的那個女生,碰巧就是你的女朋友。我這樣想。

21

「感覺有點怪怪的。」在逢甲夜市附近的飲料鋪坐下，金髮妹跟我說。

「是很怪。」我說。

吃完燒烤，金髮妹才說她忘記提款，逛完街後身上就沒錢了。想不出來有什麼必要性，但我還是幫她付了燒烤的費用。然後大樹帶著如願以償的滿足神情，逛完他據說每來台中都非去不可的逢甲夜市，金髮妹也趁機買了不少東西，而我則充當她臨時的提貨小弟，很奇怪，這時候她忽然就有現金了。

晚上十一點多，我們在夜市外告別，大樹載著熒繡，騎著FZR先走，剩下我跟金髮妹，她家就住在附近。揮手，目送這對璧人離去，我想起包包裡有今天一直沒機會拿給熒繡的稿子。

「大樹這個人其實還算不錯，可惜就是很死腦筋。」金髮妹開口。

點頭，我非常贊同。金髮妹說要請喝東西，以犒賞今晚我幫忙提貨的辛勞，她還帶著我，特地跑到夜市另一邊，走了好一段路才到的飲料鋪子，一看，居然是賣健康醋飲的。

「爲什麼今天要找我一起來？我不太懂。」喝著酸酸甜甜的飲料，我問。

「本來我也不懂，而且還有點反對，不過熒繡解釋之後，我就明白了。」金髮妹說：「雖然她的觀點我不太認同，你懂我意思吧？有時候你雖然可以明白對方的想法，但這想法卻不怎麼能讓你認同。」

「她是怎樣的想法？」點頭，我理解她的意思。

「如果你眞的想跟她當朋友，那麼應該會想認識更多的她，對吧？不管哪一方面，不管好的壞的，你都應該要多少知道一點，對吧？」看我點頭，金髮妹繼續說明，「總不可能單純只因爲兩部一模一樣的FZR而已吧？」

夜風有點涼，我們坐在小舖子的騎樓邊，店家擺了幾張桌椅供客人使用，金髮妹跟我要了一根菸。

「老實說，我覺得這對你其實還挺殘忍的。」忽然，她嘆口氣。「連我都看得出來你喜歡她，熒繡自己不會不知道。有時候我會覺得她很冷，在一些不需要那麼理智的地方，卻還是那麼理智，甚至冷酷。」

「什麼意思？」我皺眉。

「因爲你沒種呀。」金髮妹倒是說得很直接。「因爲你不敢坦然告白，所以她也不敢立刻確定，當然也就不能直接拒絕你。這種感覺你能夠明白嗎？熒繡一方面無法拒絕你對她的好，而且很本能地就會自己過去靠近你，可偏偏又覺得這樣是不對的，因爲她也怕到頭來既辜負了你，也傷害了她自己。所以既然怎麼做都不對，那麼乾脆讓你看看她男朋友，或許你會就此打退堂鼓，決定就這麼算了，這一來，她也就沒有這些壓力了。我知道她矛盾的心情，只是這種作法我不太認同，畢竟那總是太極端了，如果今天你對她的感覺因此而消散了，搞不好還懷恨在心，那麼到頭來她會連你這樣一個朋友都失去了，不是嗎？誰會爲了一個不太熟的朋友，三天兩頭從台中縣跑到台中市來？沒有必要了嘛。」

我點頭，這話也不無道理，只是我自己從沒想過就是了。

「不過話又說回來了，你知道我現在腦袋裡閃過什麼畫面嗎？」嘆口氣，金髮妹忽然又轉了一個話題，「我猜他們今天晚上回去一定會吵架。熒繡一直很想去旅行，可是大樹不肯，他有課要上，寒暑假也會乖乖回家。他們之前就一直在吵這件事，大樹覺得熒繡在某些時候很任性。現在寒假快到了，又是跨年又是農曆年，假期那麼多，這個一定又會被拿出來吵。」

「然後呢？」

「不過除此之外，我現在想到的，是一輛藍白色的FZR正在路上跑，前面是大樹，後面是熒繡，而熒繡的表情一定很複雜。」

我沒多問，因爲金髮妹接著又說：「她一定會很懷疑自己今天這麼做的正確性。讓你跟大樹碰到面，你可能會從此放棄，可是不這麼做，她又會陷在自己的兩難中。」

默不作聲，我看著金髮妹。她手上挾著菸，到了嘴邊沒吸，卻看我一眼，說：「總之就是這樣，她非得把你們之間的關係定位在『朋友』上不可，否則她對大樹無法交代，對自己也是。熒繡跟大樹之間雖然問題很多，但畢竟在一起好幾年了；而你出現在她生命裡的時間雖然短暫，可是卻對她太好了。」

我聽著，心裡有很複雜的感觸，跟著這些話的內容，我也可以想見熒繡此刻坐在FZR後面的表情。

「所以今天你來之前，我就問過熒繡，是不是眞的要讓你跟大樹碰到面，她想了不到一分鐘，立刻就下了決定。很兩難，可是正因爲很兩難，一般人會想逃避，但她卻會把這種衝突關係繼續推到頂點，讓自己再沒有選擇的餘地，這樣就可以趕快下決定。你是她『朋友』，這樣最簡單也最好。」

我已經連喝飲料的興致都沒了，看著日光燈投影在地磚上的冷白色，我覺得自己再沒半點心情。

「所以我覺得對你不公平。」她微笑著站起來，拍拍我肩膀，「不過沒關係，近水樓臺就可能先得月，這一點你要對自己有信心。再者，我也不相信一個爲了追求女生，連命都敢拚出去的人，會那麼容易就低頭放棄。而且，我會幫你的。」

「幫我？」我抬頭。

「雖然我不是眞的很認識你，不過我覺得你這人還不賴，至少你願意幫我提一晚上的東西。」金髮妹笑著說：「而且你還請我吃燒烤。」

我本來想跟她說，其實我沒打算要請客，最好她可以現在掏三百五出來還我，否則明天早上我沒錢吃早餐。結果金髮妹臉上神色忽然變得正經，她說：「而且我不喜歡熒繡這樣子，她傷害到你，同時也傷害了自己。更何況，我認識熒繡這一年裡，她已經爲那個男的流了夠多的眼淚了。」

所以我根本沒有告白的機會，就這樣又回到東海。貓咪拿了一疊亂七八糟的紙張正在我房裡重寫歌譜，他說今天傍晚阿邦有來，下令每個團員都得在一星期內重新寫完自己的樂譜給他檢查，遲交一天就準備挨他一拳，直到樂譜寫好，或者被他打死爲止。

「你完蛋了你。」冷笑，我慶幸自己平常就有整理樂譜的好習慣，貓咪可就完蛋了。他的貓窩一向亂得只能睡人，平常連坐的地方都沒有，要念書或寫譜，他都會到我房裡來。不過我發現最近他的實驗範圍有擴張的跡象，現在我房間地板上隨處也可見電線或螺絲起子。

「這是什麼？」我指著一個類似遙控器的東西問他，那玩意兒還挺眼熟的。

「你的電視遙控器。」他只略看一眼。

「你想對它幹麼？」有點恐怖的感覺，我問他。

「你知道我們樓下有洗衣機，對吧？」他忽然話匣子一開，放下手中的筆，坐好了姿勢，開始數給我聽，「房間裡面有冷氣、電視，還有DVD播放機，這些都需要遙控器，對吧？」

「它們跟樓下的洗衣機有什麼關係？」

「應該說，這些使用電力控制的東西都可以有關係。」貓咪解釋著，「我正在試著讓它們變成用一個遙控器就能夠全部被控制，化繁爲簡，甚至哪天我可以用這支遙控器發動你的機車也說不定。」

「阿彌陀佛，拜託不要。」我覺得自己腦袋快爆炸了。

貓咪說這是準備要給頭目的乾女兒的新年禮物，當然現在還在研發階段。我問他幹麼不去自己房裡實驗，結果他說：「因爲我的電視、冷氣全都在這次實驗中陣亡了。」

我搖頭苦笑，但願這場災難不要蔓延到我的東西上，否則房東一定會讓我吃不完兜著走。坐在小沙發上，我給自己泡了一杯熱牛奶，拿起電吉他開始不插電地隨手彈彈，彈著彈著，忽然想到，我又問貓咪，這支遙控器他要拿去哪裡給頭目的乾女兒。

「台東呀。」他繼續寫譜。

「什麼時候要去？」

「都說是新年禮物了，當然是跨年呀。」他回答。

然後我忽然想到金髮妹今晚說的話，關於一次煢繡始終在大樹那兒求之不得的旅行。

我們是不一樣的藍色。妳是極端而神祕的藏青，而我則是舒緩而開朗的天空。

22

不過這個念頭我還不敢跟熒繡說，接下來的幾天也沒時間說。期中考來得好快，雖然不太把它放在眼裡，不過多少還是應該盡點人事，而也慶幸有期中考，成績一向很爛的阿邦自顧不暇，還特別延後了驗收樂譜的時間，讓貓咪有機會加緊趕工。

那幾天裡，我經常在思考的，還是熒繡跟大樹的事。大樹來台中不可能長住，他還在台南念水利工程，所以肯定只能在台中蜻蜓點水幾天。那那幾天他住哪裡？熒繡她家？我不由得要興起一點嫉妒之意，熒繡那兒我只走到巷口而已，他卻已經登堂入室了？那幾天他們去哪裡玩？會玩得有多開心？我跟自己說最好別想，但偏偏視線就是無法停在書上，賈寶玉在偷吃女孩們的胭脂時，我想起幾次跟熒繡聊天時，曾聞到她頭髮上淡淡的香；白居易在「商人重利輕別離」時，我想到熒繡跟大樹分隔兩地，她的心裡會有什麼樣的思念與感慨，而何其無奈的是，這種思念與感慨的對象卻不是我。但話又說回來了，我又怎麼會讓熒繡對我有這種思念跟感慨呢？

期中考我沒考砸，雖然腦袋裡天馬行空始終縹縹緲緲，不過中文系的考試大部分都沒有標準答案，口齒上雖沒那麼伶俐，但拿起筆來我還算敏捷，總可以瞎掰出教授們想看到的答案。而且期中考的第一天，我就收到了一份神祕禮物，那是一大早就傳來的，熒繡寫的手機短訊，簡單幾個字，卻給我很大的鼓勵。

應該是期中考的時候了吧？好好加油，考完後，我還你一場欠了很久的電影。

是呀，還有一場電影之約呢！走進教室裡，拿到考卷的那當下，我寫下姓名跟學號，心裡想著的不是考卷上的題目，而是該去看什麼好。

熒繡說她對電影其實不那麼有興趣，因爲她看不懂太具藝術性的電影，聲光效果太刺激的她也不怎麼喜歡，所以期中考結束後，我們走進電影院裡，看的居然是一部迪士尼卡通。

「這種電影跟平常的妳很不搭。」開場前，我說。

我從不曾逛過老虎城百貨，這兒唯一能吸引我的只有威秀影城。坐在百貨公司外面的一樓廣場邊，熒繡正在吃麥當勞的薯條，而我在大口啃漢堡。

「那是因爲以前你不夠認識我呀。」她微笑回答，「其實我很喜歡看卡通，尤其是宮崎駿的作品。」

「天空之城？」我說的是我最喜歡的。

「龍貓。」她說。

那是一種很匪夷所思的關連性，我看看今天頭戴黑色小呢帽，穿著黑色套頭上衣跟黑色小外套，還有一件黑色及膝裙跟一雙黑色短靴，整個就是黑得很徹底的熒繡，然後想想印象中《龍貓》這部電影的溫馨橋段。

「妳眞的很喜歡黑色。」我說。

「黑色好呀。黑色具有神祕性，也具有無限的包容性。」

「是嗎？」

「至少黑色是最好搭的。」她指指我的深墨綠色褲子跟暗紅色上衣，「總比你好吧？你看你多像一棵走在路上的聖誕紅？」

大笑聲中，我們走進電梯，準備上樓看電影。透明玻璃外，隨著電梯上升，可以看見百貨公司外面的人群，也看見籠罩這一區附近的昏黃色燈光。

「其實我應該謝謝你，因爲換作是大樹，他絕對不會願意花兩百五陪我看這種電影。」走到放映廳的入口時，熒繡忽然說。

沒回答，我愣愣地看著她。

「上星期他回台南前，我還約他要看電影，結果他說他可以給我五百，讓我約靖惠一起看。」她苦笑，「結果連靖惠都說她對迪士尼卡通沒興趣。」

眞不知道該高興好呢，還是應該沮喪好，因爲我是她沒得選擇的選擇。不過我相信熒繡並無惡意，因爲她也說了，正値期中考週，爲了怕打擾我，所以她才盡量不找我，非得等到眞的沒人可以約了，這才只好傳訊息約我，還連電話都不敢打。

「只是期中考而已，沒那麼嚴重的。」我微笑。

我們都沒提起那天四個人聚會的事，不曉得熒繡是否知道了，那天散會後，我跟金髮妹還在逢甲聊天的內容。坐在舒適的椅子上，電影開演前的預告片段，我拿出手機來關機，見我這麼做，熒繡也拿出自己的，不過按動了幾個鍵，她卻忽然盯著電話出神。

「怎麼了？」我問。

「沒事……」她愣了一下，回過神來後，趕緊把電話丟進了包包裡。

感覺有什麼不對，但我不敢問，電影開演時，熒繡的視線雖然盯著大銀幕，但側面看來卻顯得很心不在焉。我沒多留意電影的情節發展，只是不斷地偷眼看她。熒繡從一開始就目光無神地看著銀幕，過沒多久，像是睡著般地閉上眼睛，但我知道她是清醒的，因爲我聽見她急促的呼吸聲。

是不是剛剛她在手機裡看到些什麼？或者發生了什麼事？稍微側個身，想問她，而就在這時候，我卻看見她的臉頰上有一滴淚輕輕地落下。

「沒事吧？」給她一整包面紙，我問。

「對不起。」聲音很輕，但哽咽是藏不住的。

我問她要不要先出去，而她搖頭。

「他說他還是想分手……」我差點沒聽清楚，因爲說到「分手」兩個字時，她的聲音已經如細蚊般幾不可聞。

在我期中考的這段時間裡，發生了什麼事嗎？早知道在逛逢甲那時就應該留下金髮妹的電話。

更無心看電影了，我小心翼翼地把手伸過去，輕拍熒繡的手背，讓她知道還有我在這裡。熒繡反過來握住我的手，她的掌心皮膚不算很細，有在機車行工作過的痕跡吧？緊握時有微微顫動，我也聽見非常低微的哭泣聲，就這麼緊握著，她的指甲略略刺進了我的肉裡，但我沒有掙扎，沒有挪動。就哭吧，只能讓她哭吧，不然我能怎麼樣呢？直到電影看完，她的視線沒再回到銀幕上，從頭到尾都是低著頭的。

走在散場人群的最後，二樓的室外，迎著晚風，我點了一根菸，她則用光了我的最後一張面紙。

「對不起，本來想好好看完這場電影，履行跟你的約定的……」她終於慢慢收了眼淚。

「電影院一時三刻應該不會倒，想再看的話隨時都可以。」我給了一個不能算是笑容的笑容，輕輕拍她肩膀。這時候已經不太顧忌什麼敢或不敢了，我只想好好安慰她而已。

「阿哲，你心裡面有沒有屬於你自己的典型？」看著夜空，她問我。

「愛情的？」我點頭，「當然有，我相信每個人應該都有。」

「那如果你的女朋友跟那樣的典型不相符的話，你怎麼辦？」

「不怎麼辦呀，基本上我不會有這種期望，因為那根本就是不可能的事。」我說得稀鬆平常，而且再實際不過，但是話一出口，我就知道自己說錯了。熒繡臉色一黯，差點又有眼淚流下來。

「不好意思……」我趕緊道歉。

「沒關係。」深深呼了兩口氣，她攀在欄杆邊，「我做不到他要的，在他眼裡，我永遠都學不會獨立自主，也學不會怎麼替他著想，只會一天到晚依賴他，什麼小事情都要打電話給他，像個孩子一樣……」

我無言，而熒繡繼續她的宣洩，「所以對他而言我太任性。大樹常說，如果我把對他的注意力多分散一點到其他人身上的話，我就可以有很多朋友，這樣對我們之間也會好一點。不過這一年來我還是失敗了。」

「至少妳交到我這個朋友了呀。」

「我們的朋友關係是你拿命來換的，不是我主動去認識你的，那不一樣。」她搖頭，害我又接不下話。

「我去年決定休學時，就跟他鬧過一次分手，他覺得我應該去看心理醫生，我也去了，可是醫生說我沒病，只是我太孤僻而已。」熒繡搖頭，「過了一年了，大樹說我還是這樣子，完全沒變。」

這話題好沉重，我不知道他們以前交往時的模式是怎樣的，只是換作是我的話，我會很喜歡自己的女朋友事無鉅細都找我商量，因爲那不就是男女朋友，甚至是夫妻之間相處時的基本嗎？

「上個星期他來，我們相處得都還算可以，至少我已經小心翼翼了，可是沒辦法，最後還是吵起來。」她幽幽地說：「當然也不能都怪他，畢竟我自己的個性也有問題。只是很無可奈何，最近幾次見面，都不能好好地收尾，問題不能解決也就算了，我每次都惹得他很生氣，到現在乾脆跟我說要放棄了。」

「妳想不想去旅行？」不知怎地，我問了一個很題外話的題外話。看著她滿是疑惑的臉，我提議著，「記得妳說過的，喜歡旅行。然後上次我聽靖惠提起，說妳最近很想去走走。我不知道大樹是怎麼想的，不過如果是我，我會很想跟妳去旅行，不管是只有我們兩個人，或者一群人也行，就是到處去走走，看山看海都好，直到我們把腳下的鞋都走爛了再回來。」

頓了一下，我又開口，「也許這話不該現在問妳，因爲妳可能一點出去走走的心情都沒有。但換個角度想，我覺得再也沒有比現在更適合問妳的時機了。這世界很鳥，總有太多妳不可預料的狗屁狀況，讓人生不如死。那既然這樣，何不對自己好一點？玩搖滾樂的人都應該這麼豪邁，玩搖滾樂的人的朋友也應該這樣。旅行吧，一句話，去不去？」

妳可以連刷牙時牙膏該擠幾公克都問我。我喜歡妳問。

23

旅行哪，我這樣作著夢：在一個湛藍色的海灣前，有跟海一樣的藍天，當然我不介意幾朵白雲絲絲浮掠在半天上。然後是微風與海潮聲。我赤著腳，熒繡也赤著腳，可以不用手牽手那麼狗血，就讓她開心地來回跑著，而我像個她永遠都在的靠山，在後面慢慢跟隨，等她累了，我才背著她在海邊踩一段浪花。

那就是我想像中的，跟熒繡一起去的旅行。

「把電線拉給我一下。」結果貓咪冷不防地打破了我想像的琉璃球，他用腳踢我，「這次應該沒問題了。」

「但願。」我說。根據貓咪的理論，只需要在各項電器用品上加裝一個接收器，然後連接電路到啓動電源，這樣一來，隨便一按萬能遙控器，這項電器就可以被啓動。我聽得如癡如醉，完全信以爲眞，結果下場就是昨天晚上一按遙控器，電視即刻爆出一個雪花畫面，然後就此不治。今天晚上他把目標放在吹風機上，我就覺得很奇怪，吹風機一定是非得拿在手上用的東西，它要搖控幹什麼？不過貓咪才不管這些，我幫他把電線遞過去，就看這傢伙像個玩泥巴的小孩，很認眞地坐在地上纏呀纏，繞呀繞，然後遙控一按，但吹風機卻半點動靜也沒有，我納悶地等了兩分鐘後，把距離我大約兩公尺遠的吹風機拿起來看，發現一半的機殼都已經燒熔了。

「等你完成這項創作，我們可以去旅行的時候，大概熒繡已經是兩個孩子的媽了。」我說：「而且孩子的爸鐵定不是我。」

「你以爲愛迪生是隨隨便便就搞出燈泡的嗎？」他張口就是一段大道理，「套句他在實驗失敗後所說的話，他說至少他找到了很多不能做燈絲的材料，現在我也可以告訴你，我找到了很多不能接遙控的電器。」

「去死吧。」我把那個爛吹風機丟過去，叫他賠一個給我。

逃離那個已經變成戰場的房間，到工作室去寫東西。我想寫首可以送給熒繡的歌，可是寫著寫著，卻發現這歌好難寫。因爲我認識熒繡的時間雖然短，卻發現她有太多迥異的矛盾個性，是冷漠冷淡的，但同時也是小鳥依人的，端看對象而定。能跨過那條她不知不覺間設定在自己與人群之間的阻隔的人，就能了解到她纖細的那部分；而能當她男朋友的人，才能明白她終究也不過是個需要人呵護關心與照顧的女孩。

平常，我的吉他比我還會說話，但今天它啞掉了，倒嗓了，罷工了，我居然換了幾次節奏與和弦，都彈不出她所帶給我的感覺。

「你在？」忽然工作室的門一開，阿邦一臉糾結地走進來，看到我時還有點愣住。

「跟小狐狸又吵架了？」我直覺地這樣認爲。

「她跟『月牙』那個吉他手出去了，叫什麼？瑞瑞是吧？」他呸地一聲，「不要被我遇到，遇到準叫他死。」

阿邦丟了一個資料夾在桌上，叫我自己看。那裡頭全都是唱片公司打算推動「自由意識」的企畫內容。前兩頁還不錯，主題冠冕堂皇，說是爲了讓台灣的流行樂團有更多良性競爭，發掘更多具有創作力的地下樂團，同時這也符合公司經營轉型的主要推廣方向，因此打算替「自由意識」發行唱片。不過再往下看，就讓人愈來愈莫名其妙，企畫書裡寫著，要我們樂團的一切操作與經營，統歸公司部門管理，除了不能做未經公司允許的表演之外，還要配合他們的行銷手法，上各綜藝節目或電台，接受訪問與表演。

「台灣有什麼節目是適合樂團上的？難道叫我們去參加美食節目？或者去一些芭樂節目被主持人當笨蛋耍？」我問：「爲什麼這些內容當初見面時他都沒提到？」

「我也很想知道。」阿邦說：「還有更鳥的，你往下看。」

皺著眉頭，我繼續翻下去，企畫書裡也提到錄音的部分，因爲擔心我們不熟悉錄音室的工作方式，所以公司這邊很直接地下了決定，要我們提供樂譜與Demo音樂，讓公司另外聘請的製作人幫我們重新編曲，而除了小狐狸得進錄音室配唱之外，其他的樂器則交由錄音室的專屬樂手去錄製即可。

「如果是一般的歌手，當然對這一點並無異議，但我們是樂團耶？」我指著內容問阿邦。

「是比較省錢省事沒錯，但這種感覺，就好像你辛辛苦苦把到一個正妹，卻在要帶進旅館開房間的時候，有個半路殺出來的程咬金說他可以替你代勞一樣。」而這是阿邦的回答。

我差點沒笑出來，這個比喻確實很中肯。

阿邦說今天下午那個雅痞製作人又跑了一趟台中，親手將這份企畫交給他，同時也開出合約條件，他們可以先支付五年份的酬勞，但五年裡我們所有的創作，其發行權都屬於這家公司。

「那表示什麼？」

「那表示這五年裡，如果我們忽然爆紅到全世界，也不見得能拿到更多的資源或酬勞。而萬一五年內我們轉換曲風，變成他們不喜歡的樂團了，屆時也不能將這些曲子做公開演出，或者拿去其他唱片公司投遞。」阿邦下了個結論：「換句話說，這樣一來，『自由意識』就完了。」

我聽得整個人都沉重了下來。音樂是一條我自信會走一輩子的路，但從學吉他的第一天起，直到現在，我從沒想到那麼多，更不曉得具有市場壓力的唱片公司會是怎樣的。

「而最最悲慘的，是今天我問那傢伙，如果有相關的宣傳活動，樂團無法全員到齊時，那怎麼辦？」

「怎麼辦？」這問題很重要，因爲現在我們都還是學生，之後也會有兵役壓力。

「他說沒關係，樂手不能到場也無所謂，錄個伴唱版，只要主唱上台就可以。」阿邦笑得很慘淡，「乾脆把小狐狸賣給他們就好了。」

很恍惚而沮喪，原本想像中會有的一連串進錄音室、更嚴謹的排練，還有所有的構想就這樣泡影般幻滅了。它來得很快，也消散得非常迅速。我像作了一場夢般地走出工作室，背著吉他，暫時沒有回家的想法，只好獨自在街上亂晃。

怎麼會這麼快呢？我還來不及感覺到自己的懊喪，卻已經晃到寒舍外面來。沒進去喝茶，在外頭等了十五分鐘左右，熒繡跟金髮妹一起下班。

「有點悶，想問妳有沒有空。」臉上還是平淡的表情，我問熒繡，但她爲難地說已經跟金髮妹有約，要一起吃消夜。

「沒關係，消夜改天吃也可以。」金髮妹非常識相地配合我，離開前還不忘偷偷對我使個眼色，叫我加油。

我能怎麼加油呢？在這個令人失望的夜晚，熒繡沒有特別想去的地方，我也不知道能去哪裡，結果她上了小迪奧，我們就這麼頂著寒風，一路騎過清泉崗，騎過台中航空站，到了中二高清水休息站附近來。

「這是個拍音樂錄影帶的好地方。」我說。停車地點不在休息站，我帶她到交流道附近一條山關小路，小路上有一座橫越高速公路上方的陸橋，我們攀在欄杆邊，看著正下方零星過去的車輛。每部車都很快，快得讓車頭燈的光影流化成一條條黃或白色的線條，就這麼一去不回。

「當我心情眞的很惡劣時，就會跑來這裡幹這種事。」沒問她心情好不好，因爲我猜得到，一路上熒繡的話都很少。不知怎地，雖然我也有滿肚子心事跟委屈，但看到她也這樣時，忽然我就忘了自己的難過，反而只想讓她開心。蹲下來，我撿了一顆很小的小石片，往正前方高遠地拋擲出去。

「這樣不危險嗎？」她語氣裡有點擔心。

「妳要對自己有信心呀。」又丟了兩、三顆，我回答。

「有信心不會砸到車子？」

「錯。」我連丟了好幾顆石子之後，笑著跟熒繡說：「是丟到車子後，有逃得掉的信心。」

不做多餘的關心問候，因為我已經陪著妳難過。

天很藍，海很藍，連風都很藍，非常適合*D*大調。
我故意掉了兩個音符在十一號省道的彎道上，是留給妳的。
然後挑個很遙遠的地方，我泡碗名為「幸福」的泡麵給妳。

一千兩百公里遠的海岸線上有綿延足跡不絕，
那裡，我牽妳的手。

24

走在逢甲夜市熙來攘往的人群中，熒繡買了大背包，第一個放進去的東西，是我上次始終沒能拿給她的稿子。又在屈臣氏準備了幾件旅行用得到的日用品，原本這樣就已經買足了，但禁不住我的慫恿，結果兩個人又開始沿街逛起，我陪著她在幾家服飾店裡討價還價，熒繡身上的錢不夠了時，我還乾脆掏出皮夾來付帳。

「下次再還你，可以嗎？」她很不好意思，「要等發薪水才有錢了。」

「我覺得妳穿這些衣服很好看。所以就不用還了，因為要是我能穿，我會自己穿，買給妳跟買給我其實是一樣的意思。」

她笑了一下。湊著興，我拉著熒繡到麥當勞，要她進廁所去換衣服。十分鐘後，原本一身素黑褲裝，綁著馬尾的熒繡，變成了將頭髮披在肩上，身上穿著很東南亞五彩斑斕民俗風的另一個人。

「如果妝再稍微濃一點，那就更完美了。」我笑著拍手。

把小短靴換成裝飾著很多亮片的拖鞋，熒繡顯得有點不自在。我們在麥當勞外面走了幾步，過馬路到書店來，這兒人少點，也安靜點，能讓我好好欣賞她。

「阿哲，我問過你，心裡面有沒有喜歡的女孩子的類型，記得吧？」忽然，她看著一本彩妝書問我。

「記得呀。」

「還是那個問題，雖然你說你不做那種期望，但至少假設一下，如果有一天，當你的女朋友跟那模樣很不一樣時，你不會失望嗎？」

「我的回答很重要嗎？」

「當然。」她很認真地點頭。

「那假如妳的男朋友非常符合妳的期望時，妳不覺得特別幸福嗎？」先不回答，反過來，我問她。「人這一生哪，遇到的不見得都是壞事，有太多的可能在未來等妳，所以別什麼都往壞處想。更何況像妳說的那樣，遇到的對象跟自己想像中的模樣有所不同，這本來就是很正常的，所以只要有一點點特色相近，那其實也就夠讓人滿足了。」

「是嗎？」

「當然是。」我點頭，拿著彩妝書，隨便指著一頁給她看，「這書裡的每個女孩都漂亮到不行，但我不會期望自己的女朋友像這些書裡的模樣，以免過度期望反而換來失望。」

「她們哪裡不好嗎？」

「此景只應天上有。」我搖頭，「活在現實中的人，像妳這樣就很夠了，不要太美比較好，以免我一天到晚擔心，怕有打不完的蒼蠅在妳身邊繞。」

笑著搖頭，她拿起那本彩妝書，翻了幾頁以後，說：「我一直很想學化妝，尤其是在寒舍打工後。靖惠她們的妝都化得很漂亮。」

「那幹麼不學？」

「大樹不喜歡。」她搖頭，「一來是化妝品大部分都不便宜，我沒那麼多閒錢，而且大樹不喜歡這種化很多妝的樣子。」

然後我低頭無言，又是大樹，又是她的傷心事，我還以爲她會繼續問我心裡喜歡的那典型，那麼或許我有機會在書店裡告白的。

「他覺得一個女孩子花上大把時間化妝是很沒意義的，如果他看到我現在這一身的樣子，肯定也會搖頭，因爲他說女孩子不必非得穿裙子不可，褲裝也很俐落。」

「會嗎？」我發現自己很不會接這種話題。

「他喜歡什麼都把自己照顧得好好的女孩子，太扭扭捏捏的他不要，愛哭的更不喜歡，要安靜，要成熟。」說著，臉色是無比的黯然，但我猜她自己應該沒有察覺此刻她臉上的表情竟是如此，「可是我沒有他要的那種懂事跟成熟，其實我也很愛哭，所以到最後他才會做這樣的選擇……」

「算了。」走近一點，拍了拍她的肩膀，我說：「不管要繼續或結束，都需要多一點時間。」

她點點頭，像個被安撫後的孩子，臉上有破涕後淺淺的微笑。

「也許比他期望的慢一點，但至少我現在開始有朋友了，而且還是個小作家。」

「是呀是呀。」我也笑著。

瀏覽著滿店裡的書，有些小說的封面都畫著很漂亮而細緻的女孩，熒繡又問我那個問題：心裡面的典型是什麼樣子的。

「妳是說具體一點的長相嗎？」

「我想知道玩樂團的人在這方面跟別人有沒有什麼不同的地方。」她頗有興致地說：「老實說，在文心路上飆車那一晚，我眞的被嚇壞了。你們認識朋友的方法都已經這麼特別了，那挑選對象的方式，還有這些對象的條件，應該更與眾不同。」

我哈哈大笑，引來書店裡的人一陣側目，但天知道我的笑聲裡還帶了一點苦澀之意。「一個人哪，不管妳覺得他有多麼與眾不同，但是當這個人終究只有兩隻手跟一雙腿時，他就只是個一般人而已。」

「講重點呀。」她輕輕推我一把。「我覺得不管男人或女人，他們心裡的那個典型，都一定是對方很難達到的標準，除非像我跟大樹那樣，想當初我就是以他的樣子，去建構自己心裡的標準。」

「所以呢？」

「所以我才要問你呀，你認爲呢？」她說：「我覺得你的標準一定也很高，可是剛剛你又說你不喜歡那本彩妝書裡的漂亮女生。」

搖搖頭，我說：「目前我很難告訴妳那典型是什麼樣子，因爲每當經過一些轉折，當然那典型的模樣就多少會有點變化。不過我倒是可以跟妳保證一件事。」

「什麼？」

「我心裡的那個典型，絕對不是達不到的標準，也不是神話故事裡才有的模樣。我說過，我很平常，所以我沒想過自己能配得上那種不食人間煙火的美女。」看著她的微笑，我一吐心中想法，「而且重要的是，我認爲男人不應該老是思考所謂的心裡的典型這問題。重要的應該是，當有一天男人遇到自己心目中理想的對象時，他能爲這個典型做些什麼。」

「是你的話，你認爲你能做什麼？」她又繼續問。

我開始覺得她眞的一點也不神祕或冷漠了，因爲此刻的熒繡，就有點像聒噪跟活潑的小狐狸，而我發現我也很喜歡她這一面。

「快說呀。」她又推我。

「我希望有一天可以帶著那個女孩去旅行，到一個天很藍，海很藍，連風都很藍的地方去。」

「然後呢？」

「然後……」我搔了一下腦袋，「泡碗麵給她吃吧。」笑著，我說。

一碗泡麵也可以泡出幸福的味道，只要有心。

25

發動機車的時候，我們還沒決定這趟旅行的目的地，也沒有決定該走哪一條路線，甚至連今天要騎到哪裡都不曉得。三個男生討論了半天，最後得到的結論，只有方向而已。

「往南走。」上了車，我跟熒繡說。

「然後呢？」

「天黑了就停囉。」我微笑。

三輛機車，但卻只有五個人，我載著熒繡，阿邦載著小狐狸，貓咪則獨自騎車。即使騎的是重型機車，但雙載去做長途旅行還是很危險的，因爲這對機車的負擔甚大。不過我們不太擔心，畢竟一行五人當中，就有一個半是修車高手。爲什麼是一個半？因爲貓咪只有拆車比較厲害而已。

「我覺得天黑之前，你的腰就會斷了。」坐在FZR的後座，熒繡拍拍我肩膀。

「沒關係，我累了就換妳騎。」我說。

我跟貓咪騎的都是FZR，阿邦的車則是新的野狼。打檔車的好處就是耐磨耐操，但FZR吃虧在姿勢上，我們都得趴著騎車，確實不太能好好欣賞風景。

「我覺得你們很奇怪，又不是借不到機車，幹麼非得騎FZR來？」阿邦指著我們背在身上的大包小包，還有綁在貓咪車後座的一把小吉他，不斷嘲笑我們的愚蠢，「耍帥也不用這樣吧？」

「這就是搖滾樂的精神。」貓咪的嘴很硬。

「屁。」阿邦狂笑。

他說的其實沒錯，我們沿著西濱公路往南走，時而轉進岔路，跑到海邊去拍拍照，不過台灣海峽的顏色實在不怎麼好看，到後來我們索性放棄了，又騎回慢車道上。而距離起點也不過才三十公里左右，我跟貓咪就感覺腰瘦得快要斷成兩截了。

「想不想再飆一次？」大概是不耐煩了，想找點樂子，貓咪忽然靠過來，扯著喉嚨喊：「讓你們見識一下什麼叫作眞正的FZR。」

我回頭看看熒繡，全罩安全帽的擋風鏡裡有她充滿鬥志的目光，於是我沒回答貓咪，一換檔一加油門，風聲瞬間變大，車子飛箭般竄了出去。

這是我很想要的感覺，後座有個自己喜歡的人，跟我一起在寬廣無人的道路上往前疾馳，拋去了許多讓人不開心的事情與感觸，我們只要往前衝就好。熒繡原本扶在車邊的雙手改環住我的腰，我們在一起。

天氣很好，豔陽天裡，才星期四的早上，因爲不是例假日，路上也沒有太多車。我在慢車道上快速飛馳，熒繡的FZR跑起來很順，加上我起步比貓咪快，原本是可以一路領先的，不過因爲我們這輛車上有兩個人，所以距離無法大幅超前，而騎不到兩分鐘，更讓人吐血的是，貓咪居然就轉上了不用停紅綠燈的快車道，一路往前衝了過去。

「那是作弊吧？」我指著貓咪的背影大叫。

「眞的輸給他了。」熒繡爽朗地笑著。

追了很久，快接近麥寮時，西濱快速道路跟十七號省道分岔開來，貓咪就在分岔路口的便利商店外面好整以暇地抽菸，大老遠地就看見他的車停在路邊。

我停下車，熒繡去買了飲料，三個人又等了大概二十分鐘，這才看見可憐的野狼機車喘著氣過來，然後是阿邦掀開安全帽，對著我們大喊：「你們兩個王八蛋給我站在那裡不要跑！」

在飆車之前，我已經約略跟熒繡提到唱片發行的那件事，在路邊休息時，熒繡又問我之後的打算。

「還不曉得。」搖頭，看著阿邦跟貓咪在一邊抽菸，我說：「別看阿邦嘻嘻哈哈的，但其實他是最難過的人。他比我們任何人都在意這件事，因爲那是他唯一的夢想，也是最後能把握到的。」

「不是你的夢想嗎？」

「我的夢想？」微笑一下，我說：「音樂不算我的夢想，我只是純粹喜歡彈吉他而已。在音樂這方面上，想辦法盡自己所能，希望有朝一日，能看著樂團的夢想成眞，那才是我的夢想。」

熒繡點點頭。我沒告訴她的是，若純粹以我個人的夢想而言，現階段我唯一想要的，只有她而已。

「接下來應該會尋求其他的管道吧，阿邦認識的音樂人太多了，不愁沒路子。我們只是選擇放棄一般的主流唱片公司罷了。」我跟熒繡說：「歌還是要照做，日子也要照過。就像現在，誰都沒有回頭的可能，雖然這條路可能有點坎坷，但總得繼續往前走，對吧？」

「你是個很積極的人。」熒繡說。

「我只是不想要坐以待斃或怨天尤人。」我說著，腦海裡回想起旅行前，我們在工作室開會，所有人一致認爲，我們不要讓錄音室的樂手替我們彈，也不要讓誰來決定我們該穿什麼衣服上台、決定我們該上什麼節目做宣傳，更不要讓別人替我們決定什麼音樂可以給聽眾聽，因爲當我們接受這一切時，我們就不叫「自由意識」了。

只是那種決定是很令人沮喪的，畢竟這是個難得的機會。然而阿邦的態度非常堅決，他用打火機點火，一把燒了那份企畫書，然後將灰燼倒進馬桶裡，混著一泡尿一起沖掉。不過當他走出來時，我們都看見了他臉上沒有拭淨的淚容。

「去旅行吧，一邊走一邊寫歌。」那時候我這樣提議。

所以阿邦跟小狐狸一起來了。這趟旅行的目的，除了我想陪熒繡散心，也是讓我們團員們一起透透氣，換個環境也許會好一點，而且貓咪要上山去送禮。此外，還有一個更重要的目的，阿邦認識一個做地下音樂唱片的製作人，就住在花蓮市區附近的海邊，我們要去跟他談談關於音樂的事，那位製作人同時也擁有一家雖然規模不大，但一直致力於地下音樂發展的唱片公司。

大家都是有心事的人，但正因爲這些心事，所以我們更珍惜能一起出來玩的時間。換阿邦帶隊時，他在布袋港附近轉彎，帶著我們跑到魚市場去。趁市場打烊前，什麼都便宜的好時段，阿邦買了一籮筐的螃蟹跟海鮮，然後大家回頭又折向荒涼的東石海邊來。

「我們來這裡幹什麼？」我很疑惑。

「吃海鮮呀。」阿邦很瀟灑地說：「布袋港邊那麼熱鬧，怎麼起火烤魚？」

讓他們去發瘋吧！我這樣想。陪著熒繡在偏僻荒涼的海邊閒晃，她帶著看起來頗專業的數位單眼相機，不過入鏡的全是風景，而且偏愛那種荒蕪或遼闊的景致。

東石港很小，附近的街道也很窄，我們拍了採蚵的婦人，拍了堆積在路邊隨處可見的蚵殼堆，也在街邊拍了幾張廟會布袋戲的照片。那廟會顯得有點空蕩蕩，大概只是酬神，所以沒有太多觀眾。

「幾乎都是很冷跟暗的色調。」在布袋戲台邊，我拿相機來看。

「人想什麼就拍出什麼吧。」她有點黯淡。

點頭，我明白她的意思。

「這趟有沒有特別想去什麼地方？」我問熒繡。

「想去的地方沒有，不想去的倒是有一個。」她苦笑，「台南。」

還能怎麼說呢？我想也是。他們不算眞正分手，嚴格來說，應該是熒繡單方面地被打入冷宮。這時候她最不想去的，應該就是台南那個傷心地了。

慢慢往海邊踱回來，她沿途不斷拍照，一直走到堤防邊，剛剛還看到阿邦在堤防邊生火的，結果現在卻半個人影也沒有。

「這裡有生火的痕跡。」熒繡指著地上。

我們都覺得很疑惑，才離開不到兩個小時，他們三個跑哪去了？四處張望一下，什麼也沒發現，甚至連機車都不在。我正懷疑他們是不是拋下我跟熒繡，自己先離開了時，卻聽見貓咪大老遠地喊著我的名字，我才發現他們全都跑到堤防盡頭的麵攤去了。

「搞什麼？」疑惑地看著阿邦他們，這三個人圍坐在桌邊，桌上卻什麼都沒有。

「海鮮請老闆煮，我們負責吃就好。」阿邦笑得有點尷尬。

「不是說要自己烤嗎？」

「因爲……」阿邦囁嚅著說不下去，結果是小狐狸替他回答：「因爲剛剛有海巡署的人過來阻止，說堤防上不可以起火，有個超級大白癡就把衣服給脫了，露出一身刺青來嚇人，結果海巡署的人馬上報警處理，我們的木炭就全都被沒收了。」瞪了阿邦一眼，她沒好氣地撂下一句，「眞不知道他是天生的笨蛋，還是打鼓打到腦袋打結了。」

我有兩個夢想，第一個是完成音樂夥伴的音樂夢想，第二個是完成妳渴望幸福的夢想。

26

第一天晚上，我們既沒找旅館，也沒物色民宿，從東石港離開後，阿邦突發奇想地在一個靠近海邊的國小前停車，我們疑惑地等了大約十分鐘後，他面帶笑容地走回來，跟大家說這就是今晚的夜宿地點。

這種事一輩子可能不會再遇到第二次。當我們三個男生在廁所水龍頭邊勉強洗完澡，全身冷得顫抖時，卻發現熒繡跟小狐狸微笑著走回今晚要過夜的教室，兩個人還有說有笑。

「爲什麼不去借浴室？」聽到我們三個男生的愚蠢行徑，小狐狸問，「用腳趾頭想也知道，學校一定會有職員宿舍可以借浴室的嘛。」

眞不知道是她們聰明呢，還是我們太笨了。

阿邦跟校門口的警衛交涉，用贊助學校五百元教具經費的低廉代價，換取一個可以借住的空教室。反正明天星期六，沒有學生上課，而我們都有睡袋。警衛伯伯徵得週末留守的老師同意後，便讓我們住了進來，前提是不可以在學校裡生火，而那正好，反正我們的木炭都被警察沒收了。

吃過在附近小街上買的食物，洗了澡，稍稍紓解了疲憊。阿邦他們留在教室裡打牌，我則跟熒繡出來散步。

夜晚的校園燈光稀淡，操場大概只有兩百公尺寬，而且是簡陋的紅土跑道。熒繡說：「剛剛借浴室時，老師們說這兒因爲學生太少，可能很快就要遷校了。」

「很可惜。」我說。可以聽見不遠的前方就有海潮聲，倘若是白天，應該可以看見很棒的景色。我們坐在操場邊，已經冬天了，沒有夏季的蛙叫蟬鳴，當然更沒螢火蟲可看，不過這兒的靜謐氣氛還是讓人非常感覺舒服。

「像在作夢一樣。」熒繡忽然笑了一下，但聲音裡有苦澀的感觸。

我大概知道她的意思。這是一場她期待已久的旅行，不過期待中的旅行同伴卻不是我們。大樹太忙了，始終不能陪熒繡出來，現在兩人關係鬧僵了，結果她的甜蜜旅行變成療傷之旅，確實有點諷刺。

「大樹這個人比較挑剔，要他睡在學校教室裡，那是絕對不可能的。他要吃得好，也要睡得好。」熒繡說：「所以我以前常跟他說，這樣舒適的旅行跟在家裡沙發上看電視根本沒有分別。」

「每個人要的不同。」我說。

「所以我才說像在作夢一樣，沒想到會有這種旅行的機會。」

「跟我們在一起的話，這種機會以後妳會有很多。」我笑著，「因爲我們都很窮，沒辦法吃好睡好。」

從操場邊晃回來，阿邦他們已經結束牌局，正在彈吉他唱歌，我則陪著熒繡在教室外面，就著燈光檢查車輛。

「可惜人在外面，不像在我那邊，沒有工具很難工作。」她說著，一邊細細地檢查輪胎。

我想起出發前兩天，和熒繡去逢甲夜市買了旅行用的東西，然後一起回到莒光新城，那是第一次，我見到她的祕密基地。

一個地下室的車庫，裡面沒有停放汽車，只有熒繡的FZR跟JOG，牆邊則是成堆的工具。熒繡搬了一張椅子給我，不過那其實只是個倒放的木箱，上面還有不少油漬。

「祕密基地。」她笑著說：「如果不是我姑姑反對，本來我還想睡在這裡的。」

「睡這裡？」

「能跟自己有興趣的東西睡在一起，不是一件很讓人快樂的事嗎？」

我覺得有點匪夷所思，以一個正常的、一般的、普遍性的觀點而言，一個芳齡二十出頭的美少女，應該會希望跟泰迪熊一起入眠，而不是跟機油、螺絲起子或者機車、輪胎抱著睡。不過或許那就是她的特色，因爲這樣的與眾不同，所以才讓我心儀不已。

我跟熒繡說，在村上春樹的《聽風的歌》跟《一九七三年的彈珠玩具》這兩本書裡，都有個叫作「老鼠」的角色，他是有錢人家的小孩，但卻與家人相隔絕地住在車庫裡。

「村上春樹？」她疑惑地看著我，「作家的名字嗎？」

「怎樣？」

「聽起來像是化妝品或衣服的品牌。」她有點羞赧，臉整個紅了起來。而她這句話聽得我忍不住爆笑出來，讓熒繡更不好意思。

「笑什麼？」想起那天的情景，我不由得傻呼呼地笑了起來，熒繡見狀問我。

「還記得村上春樹吧？那天在妳的祕密基地裡，妳說很像化妝品或衣服品牌的那個名字。」我說：「他的小說裡就常有這種事，主角會背著睡袋，漫無目的地到處去旅行。」

檢查完車子，我們坐在教室外面的洗手台上，聽著裡頭吉他與歌唱的聲音，熒繡問我一個很難回答的問題：「心裡有事時就出去走走，但出去走走，轉了一圈之後，眞的就能忘了那些事嗎？」

「爲什麼問我？」

「因爲你看過很多書呀，至少你知道村上春樹是人的名字。」她淘氣地說。

我笑著輕輕架她一拐子，「心裡如果眞的懸著什麼，那麼無論妳到哪裡，去了些什麼地方，那些都不會放得下的。只有當妳勇敢地面對問題，擺平它以後，它才會從妳心裡眞正地被移除。旅行哪，只是讓人暫時放鬆一下，跳脫那個令妳困惑或難過的環境，好做更客觀的思考，跟培養更積極向前的動力而已。」

把手搭在她肩上，我發現自己已經可以很自然地做這動作了，心裡有點開心，我問她：「今天有沒有比昨天好？」

「有。」想想，她點點頭。

「那就對了。」我也點頭，「那明天就沒理由不比今天好，對吧？」

什麼都會更好的，只要我們都勇敢一點。

27

一路沿著海岸線往南，我們果然拒絕了那個讓熒繡傷心的縣市，天還沒亮，阿邦的野狼領軍，我們已經出發。從台南邊陲經過，一路到高雄，除了在蓮池潭邊停下來尿尿之外，幾乎完全沒有駐足。這麼兼程趕路的目的，是爲了要去屏東一九九號縣道。

那是一條可能無法在比例尺不夠的地圖上覓得蹤跡的小縣道，阿邦不曉得哪裡道聽塗說來的消息，說該縣道上有看不完的蝴蝶，不過他忘了現在是冬天，結果不但一隻蝴蝶也沒看到，而且顛簸的路面還讓我差點打滑摔車。而愈接近台東，貓咪的心情就愈興奮，因爲一入台東境內，還不到太麻里的金針山，我們就要轉入另外一條通往山上的小路，那兒有個很小的部落，部落的頭目膝下無子，只有一個乾女兒。

從南迴公路不斷轉進，當我們終於看見太平洋時，天色也漸漸晚了。送禮心切的貓咪雖然迫不及待想上山，但沒有人願意陪他在蜿蜒的山路上玩命，所以我們在路邊的民宿住了一夜，隔天才繼續上路。

「去頭目家不可以亂說話。」貓咪叮嚀我，「你的嘴很笨，所以千萬不要開口。」

不知道這話是什麼意思，不過我還是點點頭。

「妳長得有點漂亮，所以帽子不要摘下來。」貓咪叮嚀熒繡，「頭目雖然年紀大了，但他死了老婆以後，說不定還會想續弦，我可不想有一天變成妳兒子。」

這種叮嚀有點詭異，不過熒繡也笑著答應。

「本來我是覺得妳最好不要上去的，因爲不管幹什麼，反正妳的言行舉止都很愚蠢。」貓咪又對小狐狸說：「不過既然都來了，排擠妳也很不好意思，所以等一下妳就站在門口就好，別進去，但也別亂跑，最好是坐在機車上等我們。」

「去死吧你！」小狐狸還附送他一隻中指。

最後，貓咪把視線移向阿邦，但他講不出叮囑的話來，因爲一臉殺氣的阿邦已經脫下外套，掀開上衣，我們都看見那條栩栩如生、非常威武的蟠龍刺青。

那簡直是一條無止盡的山路，又長又陡，而且路況極差，有些轉彎處甚至還有泉水橫流而過。阿邦的野狼有點喘，我們的FZR更是舉步艱辛。如果不是路上偶爾會經過台電架設的高壓電塔，我會覺得這兒的荒涼跟原始，簡直可以拍古裝片了。

途中阿邦停下來幾次，因爲小狐狸發現了好幾處風景，站在這山邊，回頭就可以看見遼闊而湛藍的太平洋。

「很美。」我跟熒繡說：「這就是我想要的，連風都是藍色的感覺。」

「可惜後面的不是你女朋友。」她說：「我來湊數一下，不介意吧？」

怎麼會介意呢？正因爲後面是妳，所以才更完美呀。我笑著，搖頭，這些話我自己心裡想想就好。

騎了大半天，終於抵達那個傳說中的部落，地方很小，但也不算落後，至少家家戶戶都有電。一條大約百來公尺長的街道，有派出所跟小雜貨店，還有幾家店面串接而成的小市集，我覺得已經很有味道了，這兒要是再多一點城市文明，那就失去原味了。

頭目的家就在派出所隔壁，貓咪引領我們進去。裡頭跟一般民宅其實並無差別，不過牆壁上有很多原住民文化的裝飾。頭目大約五十幾歲上下，人很客氣，一點也看不出來哪裡有想續弦的樣子，甚至他亡妻的照片就擺在牆上最顯眼的位置。

至於頭目的乾女兒，我覺得不描述也罷，這隻貓的眼光眞是愈來愈奇怪了。我們坐在客廳裡，不到十分鐘的時間，幾乎全村的居民就都來了。部落裡大概很少有外人出現吧，他們多半都帶著好奇的眼光，從他們的七嘴八舌中，我這才知道，原來頭目的乾女兒就是村長的女兒，大概是效法中國古代漢夷共治的精神吧，這樣一來政府法令可以便利推行，而透過頭目的領導指揮，更可以收事半功倍的效果。

聊不到十分鐘，阿邦就被一群中年叔叔伯伯們給拉了出去，他們圍坐在派出所外面的空地上，我看見有人扛了兩大箱台啤過來，也有人拿了吉他跟皮鼓；至於小狐狸則跟幾個看起來很健壯的原住民青年們一起悄悄溜了出去，大概是去看什麼新奇的玩意兒。

「很熱情的部落。」熒繡說：「那些男生們居然說要帶小狐狸去打飛鼠。」

我微笑著，「眞是抱歉呀，他們大概認爲妳是我女朋友，所以對妳沒興趣了。」這句話有很深的涵義，我想藉機套套熒繡的看法，或許在這趟旅行中，我能找到機會跟她告白也說不定。但沒想到她的回答可眞有趣，「我倒是覺得很奇怪，這裡怎麼沒有年輕女孩，眞是可惜你的書卷氣跟一表人才了。」

還能說什麼呢？眞是沮喪。我苦笑著，陪她到街上，這兒沒多少可逛的東西，倒是一些原住民文化的建築或雕飾很有味道。她隨手拍了幾張照片，我們回到派出所外面來，加入這場音樂與啤酒的盛宴。

就這麼鬧到天黑，全村的男人大概都醉倒了，我們被安排在派出所的警員宿舍裡休息。貓咪說他打算明天一早離開前，才把禮物送給頭目的乾女兒。

「聽說原住民是母系社會。」熒繡問貓咪，「所以以後你要入贅嗎？」

貓咪嘿嘿一笑，他沒說要或不要，卻告訴我們，原來這條街的後面，放眼所及的幾座山，全都是頭目的財產。

不過他的這個企圖在隔天早上就幻滅了。依舊是天還沒亮就被叫醒，頭目的乾女兒帶著我們從派出所後面樹木雜叢的小路，步行到山坡的頂端，一路上盡是手電筒撩亂閃爍的光線，在樹叢間亂鑽亂竄。

一直走了大約二十分鐘，住慣城市的我們備嘗艱辛，好不容易攀到山坡頂上，剛好是日出時分。先是些微深藍色隱微的光線，讓我們知道前方一片黑暗中海平面的位置，之後深藍的光漸漸變亮，不用幾分鐘，第一道曙光就閃耀了出來，在海面上拉出好長一道波光。

「日出！」我讚嘆。

那道曙光很快地分散開來，最靠近朝陽的地方是白色的，而稍遠一點則開始轉黃，然後交揉著藍色，整個映照在海面上時，全都是亮閃閃的光。

除了頭目的乾女兒，所有人都看得目瞪口呆，這是一輩子從沒見過的景致。我轉頭想問問熒繡有沒有帶相機，這麼美好的畫面錯過了委實可惜，但話沒機會問出口，因爲我看見熒繡的雙唇半開，一臉出神，但眼角卻閃著感動的淚光。於是我沒問她什麼，只是把手輕輕伸過去，這一瞬間，所有的言語都是多餘的，我只想握住她冰涼的手心。

很幸運，陪我看這景致的人是妳。

很遺憾，陪妳看這景致的人是我。

28

「高科技除了帶來高便利，有時候也會帶來高度的災難。」介紹完那個多功能的遙控器，貓咪倒出他背包裡一大堆的接收器、電線，還有幾樣工具，就在頭目家裡開始到處施工。看著他忙進忙出，老頭目說了一句充滿哲理，但也令人費解的話來。

這句話後來得到驗證，當貓咪完成裝置，讓頭目試用幾次，確定無誤後，我們告別了這個充滿人情味的部落，騎上機車，要繼續往未知的前方邁進。小狐狸收了好幾瓶小米酒，阿邦則錄了一堆當地的音樂，我跟熒繡各懷心事，只剩下貓咪還依依不捨。

「你覺得貓咪眞的可能入贅嗎？」下山的路走起來比上山時險峻更多，慢速下山之際，熒繡忽然問我。

「前提是他得眞的把到頭目的乾女兒，妳的問題才算成立。」我笑著說。

「沒有嗎？」

我還來不及回答，忽然有尖銳刺耳的警報聲與車輛喇叭聲從山下傳來，領前的阿邦一揮手，我們趕緊停在山路邊。就聽著那警報聲愈來愈近，大約不到三分鐘，兩輛看起來很老舊的消防車用高超的技巧轉過彎道，從我們旁邊呼嘯而過。

「在那個遙控器炸了頭目的家之後，看來妳的問題是無解了。」我嘆氣。

從台東市更往前行，離開九號省道，改走靠海的十一號。我們開始放慢速度，沿途瀏覽海面風光。

早上爲什麼熒繡會流下眼淚？難道只是單純地因爲日出的景色太美？我並不這樣認爲。那是因爲大樹不在的緣故吧？我們看日出的感受同中有異，彼此都爲了絕美的景致而深受震撼，我會開心是因爲那時身邊有她，而她難過的是身邊的人只能是我。

沒有人察覺我跟熒繡的感受，我們只顧著一路往前。十一號省道不算短，從台東市一直連接到花蓮市，途中也有不少可去的地方，但我們選擇停下來休息的，卻是個非常小的漁港。那是熒繡的主意，原本已經騎過去了，她卻忽然要我們掉頭。

「爲什麼要在這裡停？」小狐狸靠過來問熒繡。

「妳不覺得很美嗎？」熒繡指著寥寥無幾的幾艘小船，跟沒啥生機的港區，眼神看得很深遠，「太熱鬧的地方，妳反而看不見那種孤寂的美。」說著，她拿起相機，拍了好幾張照片。

「跟阿哲談戀愛之後就會變成這樣嗎？講話跟寫詩一樣。」小狐狸搔搔腦袋。

阿邦在旁邊聽得皺眉，我則是心驚膽跳，不知道口無遮攔的小狐狸會不會因爲這句話而惹得熒繡不快，但奇怪的是熒繡卻好像沒聽到似的，心神都專注在相機的鏡頭裡。

「你覺得她算是默認了嗎?」悄悄地，阿邦問我。

「我看大概只是懶得解釋。」我嘆口氣，「反正解釋了也沒用，小狐狸那顆腦袋可能永遠都搞不懂。」

一個週末的時間，我們最遠能夠騎到哪裡呢?從部落離開，回到省道上後，路上的車輛明顯變多了，跳脫開充滿現代氣息的寬廣道路，忽然跑到小漁港來，每個人都覺得心境爲之一轉，坐在港區，一點點細微的魚腥味飄在空中，阿邦突然問我想不想彈吉他。

我說好。拿了吉他，輕輕地就開始彈。原本希望彈出來的是很輕鬆愉快的曲調，想讓大家開心點，但不知怎地，一下手就是憂鬱的Am;本來已經決定要刷節奏的，偏偏不聽使喚的手指卻彈起分散和弦來，搞得氣氛更加凝重。

我偷眼看看每個人，以爲他們會過來踹我幾腳，但沒想到阿邦卻在旁邊輕輕閉上眼睛，手打起拍子;貓咪也輕顫手指，彷彿有一把隱形的Bass在手上;而小狐狸則是默不作聲地仔細聽著我隨口哼出來的聲音，甚至還抓到我自己都還未知的，接下來的和弦變化，已經可以自己哼主旋律了。

那就是玩音樂的樂趣，因爲我們並不孤單。但這還不夠，因爲這當下，我的吉他不是爲了我自己或「自由意識」而彈的。轉頭看過去，熒繡像是沒在聽音樂，逕自走到了岸邊，看著原地漂浮來回的海水，臉上一點表情也沒有。

怎麼會這樣呢？一邊彈著，一邊望著距離並不遠，理當清楚聽到我聲音的熒繡，那時我才發現，其實她細微的表情變化非常豐富，有時閃動著喜悅的眼神時，嘴角邊會輕微揚起；有時像是想到什麼難過的事情，雙眉又會微蹇。

聽到了嗎？這就是我想爲妳彈奏、爲妳寫的歌，是一首我想眞正認識妳的心情的歌。所以用的是對我而言有點太高的調，隨著她臉上的神情而變化旋律起伏，我想從音樂中了解她的心境。那首曲子不長，但是反覆回唱，直到我覺得自己都快有眼淚要迸出來時，這才趕緊停下來。

然後是一陣好久的沉默，沒有人開口說話，我想阿邦他們正在默記歌曲的和弦跟可能的編曲方式，而熒繡則還沉浸在那曲子所帶來的情境中。我希望這種安靜可以維持更久一點，因爲實在太難得，也實在太美。

天色已經很晚了時，我們才抵達花蓮市近郊，這一路騎了幾乎有兩百公里遠。在剛剛經過海洋公園不遠處，阿邦忽然轉向，往靠海邊的一條小路過去。

我們沿途都很沉默，路上只有風聲、海浪聲不絕於耳，而直到這時，我才想起來，阿邦這趟旅行也有他的目的，他要帶我們去找一位據說很資深的音樂製作人，而且是做地下音樂的。轉進那條小巷子時，我看見路口有個破爛到不行的標誌牌，上面寫著「老鬍子的木工廠」。

老鬍子的木工廠？這是什麼莫名其妙的招牌？我加速趨前，趕上阿邦，問他究竟知不知道位置，天都黑了，大夥又餓又累，恨不得能趕快找個有飯吃、有覺睡的地方。

「應該沒錯才對。」阿邦說他也是透過別人介紹，才輾轉認識這位音樂製作人，對方是個木工狂，平常不做音樂的時候，就窩在這地方鋸木頭、釘木頭。而這兒他也沒來過，剛剛其實差點就錯過了那個毫不起眼的小招牌。

我知道眞正玩地下樂團的人都有點怪異的作風，阿邦平常已經很不正常了，但這位音樂大師顯然更別樹一格。在灌木雜林圍繞的崎嶇小路上騎車，我壓抑住在小漁港寫歌時的憂鬱心情，現在對這位尙未謀面的人物更具崇敬之意。

「找誰？」好不容易騎到小路盡頭，已經非常接近海邊，靠海處有一棟木造房子，外頭還有一堆裁切後的漂流木。我們很禮貌地在距離房子大約二十公尺處就停車，然後才走過來敲門，結果門打開，一個大鬍子探頭出來，我猜他就是我們要找的人。

阿邦難得表現出客氣跟尊敬，他對著這位不肯將門完全打開的音樂大師說：「我猜老師應該不認得我了，兩三年前在台北，我有見過老師一次。」

「所以呢？」大師一臉狐疑，還是沒把門打開。

「因爲我們在音樂的路上遭遇一些挫折，大家對於自己執著的理念也還有些茫然，所以約了一起出來旅行，一來想找到不一樣的音樂元素，讓創作更加豐富，二來也希望老師可以給我們一些建議。」阿邦禮貌的樣子，讓我直覺地聯想到三顧茅廬的劉備。

不過大師卻不像諸葛亮，他沒提出名傳千古的隆中對，也沒給什麼具體的見解，倒是先問阿邦，「所以你是玩樂團的？」

「是的。」阿邦充滿敬意地點頭。

「今天所有團員都到齊了？」

「是的。」阿邦又點頭。

「你們從哪裡來？」

「台中。」阿邦特別強調，「我們騎著機車一路過來的。」

「你們在路上找到一些音樂元素了嗎？」大師看看我們這群長途跋涉後，全都蓬頭垢面的年輕人，又問阿邦。

「是的，所以我們想請老師……」阿邦臉上露出喜色，接著要繼續講時，卻被這位大師給打斷，「既然都已經拋下束縛，敢這樣冒險從台中跑出來了，那你們還希望從我這裡得到什麼？」

這話讓我們一時愕然，大師又說：「如果還需要我來教你們怎麼做的話，那一路上你們聽到、看到、學到跟領悟到的東西還有什麼價值？」

門外的我們目瞪口呆，正不知道如何回答時，這位大師很冷酷地說了一句話：「等你們把自己的音樂，按照自己想要的方式做好時，再打電話給我就可以了。」說完，他老人家把頭縮了回去，「砰」的一聲關上了門，留下滿臉錯愕，完全傻住的我們這群人。

「我的電話在網路上可以找得到，用點科技的東西吧，年輕人！」門裡頭還傳來大師充滿嘲笑意味的聲音。

「怎麼這樣……」阿邦的聲音很低很低，站在他背後，我可以想像他臉都綠掉的樣子。

最好的音樂要自己寫，就像最美的戀愛要自己談。

29

像笨蛋一樣，被那位大鬍子老師拒於門外，還給人家揶揄了幾句，大家都覺得面上無光。不過那大師說得也沒錯，既然都來了，那幹麼還需要別人給什麼建議或指導？我們不是第一天玩音樂了，非常知道自己想要的是什麼，也清楚該做的是什麼，既然這樣，那麼認眞去做就對了，何必在乎那麼多人的看法？

在花蓮市區找間民宿，最後一天晚上了，我們男女分開各一間房，洗了個難得的舒服澡，今晚應該好好休息，明天還要一路飆回去，最晚星期天晚上得回到台中，因為星期一下午熒繡得上班，阿邦跟小狐狸也還有課。

不過饒是如此，眞的想睡覺時，我們卻誰也睡不著。根據民宿老闆的建議，我們索性拿了吉他，又一路跑到市郊的七星潭去唱歌，當然途中阿邦非得買啤酒不可。

「我喜歡你下午彈的曲子。」海風很冷，但壓抑不住我們的笑聲。阿邦撿來一堆木頭，無視於空軍基地附近不准生火的告示牌，又燃起一堆野火。坐在火堆旁，熒繡這麼對我說。

「不覺得太悲傷？」

「當悲傷的情緒完全融化在音樂裡頭時，我覺得悲傷就不算悲傷了。」熒繡說著，忽然一笑，「小狐狸說的也有幾分道理，認識你一久，講話會文謅謅。」

我笑了一下，但也同時一愣。在小漁港邊，小狐狸那幾句話，熒繡終究還是聽見了。

「不過我們其實沒在談戀愛，對吧？」我笑得很苦地問她。

沒看見我的表情，熒繡手上拿著小木枝，正在攪動火堆，「我覺得你是我很要好的朋友，常常知道我在想什麼。如果你談戀愛的時候也這樣，那你女朋友一定很幸福。」

「她一定會很幸福的。」我慨然，心裡補了一句話：「如果她眞的當了我女朋友的話。」

海風很強，但還不至於吹滅我們生起的火。無視於這項規定的大有人在，放眼過去，海灘上有好幾處火光。阿邦消失了一下子，回來時手上抱了幾碗泡麵，還有一個裝滿水的鍋子，直接就著火堆開始燒水，一人一碗準備泡麵。

「下個月我生日，眞希望還能有這樣的機會。」看著水煮開，熒繡說：「能在這樣的情境下許願的話，一定很浪漫。」

遞給她一碗熱騰騰的泡麵，我笑著說：「妳可以現在提前許願沒關係。」

看著麵，熒繡想了想，問我：「你說如果有一天，你找到心裡的那個典型了，要帶她到一個天很藍，海很藍，連風都很藍的地方，然後泡碗麵給她，對吧？」

沒想到她還記得，我微笑點頭。

「那我想我的願望也跟你差不多。」熒繡看著那碗泡麵，幽幽地說：「我想許兩個願望，第一個是希望有那麼一天，你的心願可以實現。」

「謝謝，托福托福。」我微笑。

「第二個心願是，希望我還能有機會，再爲他泡一碗麵。」

五個人圍坐在一起，聽著熒繡許願，她的第一個願望讓大家會心一笑，一起用祝福的眼光看著我，但當第二個願望說出口時，卻讓大家臉都垮了下來。我實在不曉得該怎麼說才好，抬眼看天，黑黝黝的夜空，偶爾有飛機的引擎聲掠過天空，這一片漆黑裡，我看不見上帝的存在，不曉得祂是否聽見了熒繡的心願，如果有，我很想知道，這兩個完全對立的心願，祂會幫她完成哪一個。

在七星潭吃完泡麵，喝光啤酒，也把會唱的歌幾乎都唱完了，我們這才扛著吉他，騎車回民宿。

「可惜，這趟旅行只有四天。」嘆口氣，熒繡等我把車停好，當大家都上樓後，她彎下腰來看看車子。

「總還有機會的。」我說，但說得很心虛，因爲這機會何時能再得，我一點把握也沒有。

「搞不好下次跟你一起來的就不是我了呀。」她抬頭，臉上有淺淺的微笑，「說不定你就找到你心裡那典型的眞人版了。」

「我說過那不難找的。」我也微笑，「就像那天在書店裡跟妳說過的，其實我的要求不算高。眼睛不必非常大，但是要有神；頭髮不必特別長，但是要滑順；身材不必特別辣，但是要剛剛好；個性不必特別好，但是要冷熱分明；薄薄的嘴唇，挺挺的鼻子，有個性又不失可愛，有主張又小鳥依人。」

「乾脆叫她騰雲駕霧算了，你還敢說你不要求她不食人間煙火？」熒繡大笑，「根本就人格分裂了嘛！你去找一個來我看看。」

「妳認爲不可能？」

「至少不是說要就有的吧？」

「妳現在上樓去，好好洗個澡，把身上的汗水跟灰塵都洗乾淨，然後站在浴室的鏡子前面照一照。」很平淡，盡可能地隱藏自己內心的悸動，我知道今晚再不說，當我們又回到台中，又回到那個讓人焦頭爛額的現實世界時，關於我的心情，可能永遠都再沒有出口的機會。看著熒繡，我說：「鏡子裡面就有那個我夢寐以求的典型了。」

「你是我的企圖，我始終因此而滿足，朝朝暮暮之前我可以孤獨。」
出自袁惟仁創作歌曲，〈企圖〉。

FZR

我們都是擅於等待的人，但等的是不同的結局。
曲子終有完結之時，但最美不過是妳一聲輕咳。
這樂章哪。

折翼的候鳥飛不回最初那應許之地，卻記得沿途飄落的彩羽。
剪一段生命的弦，但願永不忘懷那時我們四手聯彈的藍色樂章。

30

「這裡的同步節奏應該更加強點，把大鼓的節奏點踩清楚，不是快就好。」大鬍子老師手上拿著一疊折斷的粉筆，朝阿邦頭上就丟過去。

「再給我亂彈試試看！小心你脖子上的貓頭！」大鬍子老師一迴身，換貓咪中彈，他唉唷一聲，連躲的機會都沒有。

這是我若干年來，無數練團經驗中最恐怖的一天，大鬍子彷彿有丟不完的粉筆。他在工作室的黑色牆壁上寫滿了樂團的工作排程，寫完後叫大家把自己的音樂跑一遍，一邊聽，一邊就用那些粉筆狂丟。

「你是蜘蛛嗎？手指頭的動作這麼難看！」大鬍子瞪著我，「手肘不要跟著晃，你是個人，不是一隻猴子！」

我愈彈愈害怕，眼睛不時偷瞄向他掌心裡的暗器，果不其然，一段獨奏還沒彈完，粉筆已經飛了過來，而且是趁我不夠注意時，直接打在我嘴邊。「動一下！像木頭一樣站在那邊幹什麼！你是一個吉他手，獨奏的時候要站在最中間！」

我想起小狐狸的男朋友瑞瑞，那個「月牙」的吉他手，沒想到現在換我變成木頭了。小狐狸唱歌眞的沒話說，大鬍子一點挑剔也沒有，不過我猜那跟她今天穿了迷你裙有一定程度的關係。

「音樂的粗糙性很夠，是樂團該有的味道，不過相對地也單薄了點，只有三個樂器的聲音而已。現場聽的話還不覺得那麼嚴重，但錄起來就絕對不行，這是很致命的缺點。」大鬍子想了想，說：「錄音的時候需要雙吉他，吉他手要多錄一次，另外幾首歌需要鋼琴，在不變動原本編曲內容的條件下，把鋼琴做襯底音去烘托其他樂器，一定要這樣做不可。」

旅行回來後，阿邦把之前錄製的Demo，還有這趟出遊時，大家一起創作出來的東西都整理好，連同工作室的地址跟樂團簡介，一併寄給了大鬍子老師，又過沒兩天，他忽然就這麼風塵僕僕地出現在工作室外面，手上還提了一組看起來非常沉重的數位錄音座。

我們被阿邦臨時找來，看到大鬍子老師時都愣了一下，他要我們環坐在地上，自己則坐在小沙發上，他先說了這趟來的目的，同時也徵詢每個人的看法。

「我覺得你們的音樂很有張力，也不偏離市場太遠，算是剛剛好的風格。不過就造型而言……」他看看我們幾個，皺著眉頭說：「當然這個可以再加強。」

看著我們，他繼續說著，「我製作過幾張專輯，都是地下樂團。其實這些樂團發行唱片的目的，跟你們也差不多，除了賣點錢、多打知名度，最重要的還是一種紀錄跟紀念，因爲當你們老到跟我一樣得靠壯陽藥撐著的年紀時，就會發現自己一輩子玩過的曲子多到數不清，而如果沒有錄過的那幾張專輯，恐怕到時候也會跟我一樣，發現自己記得的居然寥寥無幾。所以這一點一定要先講清楚，今天我幫『自由意識』做專輯，並不是爲了讓你們成爲大明星，而是希望藉由這薄薄一張CD，證明你們曾經存在於這個世界上。」

大鬍子老師說著，跟阿邦要了根香菸，點著後，又說：「總之呢，我覺得你們已經很有製作唱片的資格。但我得先聲明，在我的公司裡，沒有多餘的行銷手法，不拍音樂錄影帶，不上任何節目，一切可能的機會，都得靠你們自己創造，我只負責聯絡錄音室、處理唱片的後製跟發行而已。」

「我也好想讓他聽聽我的吉他。」瑞瑞說。趁著阿邦去樂器行教鼓，小狐狸把瑞瑞帶來，我們正在練習雙吉他的表現，因爲之後若有上台機會，我總不可能一個人彈兩把吉他，屆時必定需要外借人手。

「你一定會被他打斷腿。」我跟瑞瑞說：「他會叫你乾脆坐在輪椅上彈算了，因爲你在舞台上比我還呆。」

「我是因爲車禍受傷！」他在抗議，「其實我是很活躍的！」

不過我一點也不把瑞瑞的強烈聲明放在眼裡，況且這個人在舞台上會這麼呆，搞不好就是因爲車禍撞到腦袋。不理他，因爲今天熒繡也在，自從在花蓮那一晚，我跟她說了那幾句話後，隔天彼此都有點沉默，或許是因爲一些尷尬吧，因爲我很委婉地告白，讓她既無法直接拒絕，但也難以正面回應。回到台中又過了幾天，我才想再約她時，大鬍子老師就已經來了。結果「白由意識」的團員現在一天大概有十個小時在工作室裡，除了上課或必要的打工，我們哪兒也甭想去了。

「很有趣的地方。」看著滿地的導線，還有一堆又一堆的音樂器材，熒繡掩不住滿滿的新鮮好奇，到處走走看看，「跟我的車庫很像。」

「不一樣的內容物，但是有一樣的精神意義，都是祕密基地。」我微笑著說。

原以爲熒繡不會對這樣的地方有興趣的，在來之前我就說過了，這兒是地下室，裡面除了幾張破爛沙發，權充練團時累了可以小睡的地方外，別無可供休憩之處，我們通常都坐在地上討論編曲，阿邦有時候甚至就睡在髒兮兮的地板上。不過我的顧慮顯然多餘了，她在這樣的環境裡很是悠然自得，唯一排斥的只有排風不良，所以煙味累積了不少。

不談感情，我們總還可以是好朋友。抱持著這樣的想法，所以其他的我不多說，只簡單告訴她關於最近我們要忙的工作。

「要進錄音室了，所以很多編曲必須全部重新定案，不能再隨性地彈，每個小節都得固定下來。而且進錄音室後，每分鐘都是錢，任何一點錯誤都要小心翼翼地避免。我們不能浪費大鬍子的資本，不然他會叫我們去路邊賣自己的唱片來還債。」

聽著笑了出來，熒繡說：「可是這樣長時間一直繃著神經，一定很痛苦吧？」

「有痛苦當然也有快樂。聽說去錄音，可以跟他們一起吃雞腿便當，這一點讓阿邦跟貓咪都非常開心。」

練習過雙吉他，瑞瑞帶著小狐狸出去買飲料。一起坐在地板上，我隨手彈著吉他，熒繡湊了過來，兩手隨便在我的弦上撥動著，讓原本中規中矩的樂章，多了一點脫軌但卻俏皮的聲音。彈著彈著，熒繡問起那首旅行時寫的曲子，想知道現在完成了沒有。我搖頭，「還差一點。」

「別等我人都回南部了你們才寫好。」她嘟嘴，那模樣要多可愛就有多可愛，看得我心猿意馬。不過她的話也讓我心裡蒙上一層陰影。

「確定不念了？」

「不是不念了，只是不在台中念了。」她嘆口氣，「既然不在這兒繼續念商業類的東西，那留下來就沒有特別的必要了，一來可以省點錢，二來呢，是我想回家。」

我點點頭，只覺得未來一片黑暗。現在她還在台中，我就已經追不到了，之後她回南部，那我還有什麼希望？問她預計的時間，她說大概會在寒假期間離開，因爲下學期有些課可以先修。我又點點頭，黯然不已。

「不過生日應該會在台中過。」她忽然笑著問我，「不知道我們的吉他手願不願意至少在那一天讓我再聽一次那首歌？」

「如果妳願意，我可以每年妳生日都彈一首寫給妳的歌。」因爲我知道那大概已經是不可能的了，再顧忌下去只怕都是多餘的，所以這時我心裡想的話，很自然地就說了出口，「一輩子都沒問題。」

告白永遠都不嫌晚，只要妳答應。

31

「雖然不知道原因跟理由，不過以我對你的認識，八九不離十，肯定跟愛情有關。」吃便當時，阿邦忽然對我說：「但這樣也好，至少今天你的吉他非常有感情。」

「是嗎？」我笑得很僵。

「但相對地是很多地方就亂七八糟。」大鬍子老師在旁邊說。

期末考前，正式開始錄音。沒時間再去找熒纁，甚至我們連睡眠都被迫縮短。每一首歌最早完成的都是阿邦，他的鼓爲求收音完美，所以得進錄音室去錄，而我跟貓咪則根據他的鼓，再到工作室裡，用大鬍子老師的機器錄各自的部分，最後才是小狐狸在錄音室完成配唱。

「還有你也一樣，你眞的是聽不懂人話的貓吧？」大鬍子老師用手上的雞腿指著貓咪，「再給我亂彈試試看。」

貓咪的心情也很低落，自從遙控器事件後，頭目的乾女兒就跟他幾乎斷了聯絡。我猜這段愛情大概也已經凶多吉少。

整個樂團都彌漫著低氣壓，連阿邦跟小狐狸也是。那天在工作室，我們練完雙吉他，瑞瑞陪著小狐狸去買飲料，無巧不巧地，回來時剛好就遇見阿邦，而且這對小情侶當時還親暱地手牽著手，阿邦一句話也沒說，就先揮了瑞瑞兩拳，在我說明請瑞瑞來配合吉他演奏的理由後，阿邦才稍微消氣了點。

這種事要管也不是，不管卻也不行。畢竟瑞瑞的吉他技巧確實可以幫我們不少忙，但偏偏他跟小狐狸又涉及兒女私情，除了頭痛，我實在不知道該說啥好。

每天的進度都很緊湊，我們在跟時間賽跑。安靜的工作室裡，掛上耳機，我聽著阿邦已經完成的鼓，點著一盞掛在譜架上的小燈，照亮密密麻麻寫著註記的樂譜，我很專注地彈著，有些歌同時需要兩把吉他的聲音，那我就得連續錄兩次。

這些歌都不算難，畢竟我們已經練習了好久，唯一比較陌生的，是兩首趕在錄音前才完成的新歌，一快一慢，慢歌就是我在小漁港邊寫的那首，曲名叫〈愛太美〉。不知怎地，這首歌我彈起來總是心緒紊亂，耳裡明明是節奏段落分明的鼓聲，但手指卻常常不聽使喚，拍子飄移不定，搞得大鬍子老師非常生氣，幾度中斷錄音，叫我重新調整自己的狀態。

但我該怎麼調整呢？有時候一件事情無法做得順利，並不單單是那件事情本身的問題。人總是這樣的，會被很多接二連三的狀況連續影響，就像骨牌一樣，第一張倒了時，後面的也跟著無一倖免。

站在大樓陽台邊抽菸，反正吉他錄不好，乾脆收拾一下，我跑到錄音室來探望正在配唱其他歌曲的小狐狸。

八樓高的地方，看著夜景時，腦海中不斷有畫面閃過，那是不算很久的很久以前，在藝術街上偶遇的那一幕，我第一次眞正發現，原來這世界上能有讓我如此驚豔的女孩；下意識地跟著她回莒光新城，她冷漠至極的外表，讓我碰了好大釘子，而後來她問那句「我値得你這樣嗎」，至今我都還牢牢記得當她說出口時的語氣與表情。叼著香菸，一口也沒吸，我想的是後來的熒繡，那個把我車撞壞的熒繡，那個連一場電影都沒跟我看完的熒繡，還有那個在小漁港邊，因爲吉他的旋律而眼泛淚光的熒繡，還有好幾天前，在工作室跟我一起四手聯彈的熒繡……太多太多個她，早就已經塡滿了我的記憶。

這幾天她好嗎？大樹的事情如何了？忙得沒時間去寒舍喝茶，我只能每天傳封問候的訊息給她，而除了噓寒問暖，其他的我不敢多問，不是怕引起她的傷感，而是怕她傷感時，沒有我能在她身邊陪著。而她總也會回覆過來，祝我錄音順利。今天特別一點的地方，是她在訊息裡告訴我，大樹可能會上台中來，把那部FZR騎走，他們將眞正地分手了。訊息裡只報告了發展，完全沒提及自己的心情，但我可以想見，在寫那封簡訊時，她會有難以隱忍的淚水。

回傳個訊息，告訴她錄音室的位置，其實這兒距離莒光新城也不怎麼遠，如果她眞的心裡難過，至少還可以到這兒來，雖然大家都在忙，但總還有點時間可以陪她。

抽完菸，阿邦跟大鬍子老師正在閒聊，而貓咪才蹣跚地從錄音室出來，他從工作室裡錄出來的東西，顯然錄音師並不滿意，所以才被抓去現場重做一遍。貓咪臉上的倦容看起來比失戀還痛苦。

「小狐狸呢？還在錄？」我問。

「說要下樓買咖啡，剛剛錄到一半，體力就不行了，一整個鼻音很重。」阿邦沒有抬頭，簡單回答我後，繼續跟大鬍子討論編曲。

點頭，我覺得怪怪的，小狐狸唱歌一向很有力道，怎麼會唱到有鼻音呢？見左右無事，不如下來看看，結果在樓下的電梯門外，就看見手上捧著咖啡，一臉蕭索的小狐狸。

「還好吧？」

「不好。」她噘著嘴。

滿是憔悴，小狐狸說：「這樣唱也不對，那樣唱也不行，搞了半天，最後連原本的唱法都亂了。」

「音樂有時候很讓人開心，但有時候也帶來很大的壓力。」我拍拍她肩膀，「撐著點，進一次錄音室，抵得上在工作室裡練一年。」

她點點頭，臉上還有沒擦乾的淚痕。我知道這對兄妹都有一樣的好強個性，小狐狸雖然是柔弱一點的女生，但真的鼓起拚勁來時，一樣不輸給任何人，當然也更不會輸給她自己。

本想帶著她上樓，不過她卻搖頭，叫我到外面的咖啡店去。

「你陪我上去也沒用，又不能進去替我唱。」小狐狸擠出一個笑容來，「而且有人在咖啡店裡等你。」

等我？不用說也知道是熒繡，只是她忽然來了，讓我有點錯愕。快步走過街口轉角，星巴克咖啡店的二樓，她正在看村上春樹，是我跟她說過的《聽風的歌》。

「車庫裡的哲學很有趣吧？」我拍她肩膀時，她還嚇了一跳。「既然來了，爲什麼不打電話給我，或者乾脆上樓？」

「原本想上去的，不過怕打擾你們，所以臨時改變主意，想在這裡看書就好。」熒繡笑得有點牽強，「沒想到會遇見小狐狸，而且是哭得滿臉眼淚的小狐狸。」

我點點頭，拉開椅子坐下，熒繡問我錄音累不累，要做自己的唱片了，有什麼感想。

「累是累，不過感覺很新鮮。」我笑著回答，「只是這種體驗眞的很讓人神經緊繃，有時候一首歌反覆錄了好幾遍，彈到最後都麻木了，覺得自己簡直像個木頭人。」

「但是唱片做好之後會很開心吧？」

「那是一定的。」我微笑，「不過其實也不是那麼偉大的一件事啦，這年頭發表自己專輯的地下樂團非常多，妳在唱片行多留意的話就會看到不少。做一張屬於自己樂團的唱片，是阿邦一直以來的夢想，他需要的是一個可以陪他完成這夢想的樂團，剛好我跟貓咪適合他，就是這樣而已。」

「小狐狸就不適合嗎？」

我愣了一下，熒繡說：「一起出去幾天，從頭到尾都看著她在笑，很難想像她會有這麼沮喪的時候。」

「因爲錄音？」

熒繡點頭，「所以我才問你，是不是小狐狸根本就不適合。」

「她的音感很好，音色也不差，學了大半年吉他，成效也不是沒有……」

「但是她眞的想學嗎？」熒繡打斷了我的話，「不曉得爲什麼，看著她的時候，我忽然想到我自己。」

我點頭，接著是一片沉默。長期以來，小狐狸確實都不是很專注在音樂上，若不是因爲阿邦高壓式的督促，她大概早就退團不玩了。當一個副音吉他手還兼任主唱，這大概不是剛念大一的小狐狸在考上大學時最想要的目標吧？就像跟大樹在一起時的熒繡，她做不了自己，只能依照大樹的希望，成爲別人心目中理想的模樣。然後我想到，在我鼓勵熒繡做她自己的時候，原來我們也幫著阿邦，在壓抑小狐狸的自我，逼著她做我們希望的那樣子。那些冠冕堂皇的話，說什麼應該多給小狐狸一點空間什麼的，其實壓根兒就錯了。不管我跟貓咪怎麼支持小狐狸去追求自己的自由，事實上我們還是侷限住她的路了。

「我想現在大概已經來不及了，總不可能突然就換人。但之後呢？是不是可以多聽聽她的意見，多尊重她的想法呢？」熒繡又說。

我點頭，心裡一直想著，長期以來小狐狸對阿邦的所有反抗，那些我們總覺得其實也沒什麼大不了的，但或許在她心裡可能早已傷害甚大，只是她寧願強顏歡笑，勉強用很濃的鼻音繼續唱下去，也不願意我們看見她的脆弱，頂多就是在咖啡店裡跟熒繡吐露幾句而已。

把書闔上，熒繡定了一下思緒，問我：「他打了電話來，下星期會上台中。」

我沒說話，等著她繼續說。

「可是我不知道應該怎麼面對他。」

「為什麼？」

「因為我答應了他提出來的分手。」她的表情很堅定，但卻也不免流露出一點心虛與脆弱。「也許我可以按照他的希望，成為一個最適合他的人，但也可能永遠不行，而不管行或不行，我想我都不會心甘情願。」

我點頭。

「是你跟我說的，扭曲了自我後，就算再怎麼讓他滿意，我也不是我了，對吧？」她抬頭看我。

「我說過嗎？」微笑，我是真的不太記得，不過確實這是我的觀點沒錯。

「只是……」她的目光又看向窗外的街景。

「只是妳不能否認，在妳努力了幾年後，不管以後是要當妳自己，或改變原來的個性，去成為一個適合他的人，其實妳都還是愛他的。」我替她說。

然後熒繡點頭。

壓抑與扭曲的愛情，就不是愛情了。

32

拿到唱片的那天，剛好是期末考的最後一天，但估據我思緒的，既不是那張唱片之後會有多少人買，也不是今天的考題會有多麼刁鑽，反而全都是熒繡。

在錄音室折騰了好幾天後，終於完成主要的工程，錄音結束後，我們被抓去拍了一堆照片，坐在箱型車裡，大鬍子找來的化妝師在大家臉上塗脂抹粉時，我們還一邊努力準備期末考。

我很想知道熒繡跟大樹之間的問題解決了沒有，如她自己也清楚的，無論在不在一起，她都不能否認愛情確實存在，差別只是表現方式可能有所不同。而我也知道熒繡的個性，她絕不如外表看起來那麼堅強，所以現在呢？她能怎麼面對這些問題？

按照原本的打算，考完後我想立刻直奔寒舍，但結果卻沒能順利如願，「樂府詩」跟「紅樓夢」的兩位教授都盡責到不行，考完也就算了，居然要求大家在期末考的最後一天，所有科目都測驗完畢後，留在教室裡一起討論題目，還說點名不到的就直接當掉。

「下午有沒有事？我需要一個助手。」在等教授的時候，貓咪忽然跑來找我，「頭目的乾女兒打電話給我，說他們部落的擴音設備壞了，問我能不能幫忙想辦法，我打算設計一個一對多的通話器，每家每戶都安裝一個，直接從頭目家發聲，可以通知到每一戶。」

「你炸了頭目家還不夠，現在又打算把全村都炸掉嗎？」我一腳把他踢出教室，「滾遠點！你老子下午還要爲愛走天涯！」

講解紅樓夢的考題前，教授一一唱名，讓大家出來拿考卷。按照分數發下來，我只拿到六十幾分，理由是幾個「黛玉」全被我寫成了「熒繡」，教授對我說：「這本文學巨著我研究了一輩子，老實說你的見解我很欣賞，但我實在很想知道，這位熒繡姑娘究竟出現在哪一回，她是十二金釵裡的哪一位。」把考卷遞給我，上面有他用紅筆清清楚楚圈起來的痕跡，紅圈裡全都是「熒繡」兩個字。「你回去再寫一篇專題給我，好好解釋這個問題。答案如果讓我滿意的話，等你畢業，我聘請你來當教學助教。」

那時我羞得無地自容，班上同學哄堂大笑，但悲劇沒有就此結束，第二堂是樂府詩選的講解，考卷上，有一個考題是要我們發表對「孔雀東南飛」這首詩的看法，詩文描寫負心漢對癡情女的故事，我用極辛辣的筆法對那個男人做了嚴厲批判，教授對這篇賞析大爲讚賞，整張考卷給了我九十幾分的好成績，但他也當著全班同學的面前問我：「你在申論裡寫了一句話給詩裡的女主角，這句話讓我非常感動，但相對地也有一點不懂。你說：『沒關係，至少妳還有我。』」教授把考卷遞過來，問我：「請你告訴我，她要你幹什麼？掰得讓我爽的話，我就免費多送你九分，讓你成為我教書十五年來的第一個滿分。」

不如死了算了。我在所有人的鼓掌大笑聲中接回考卷，從頭到尾熱著耳根子聽完講解，然後帶著超級丟臉的心情，完成上學期的學業，這才狼狽地走出教室，開始寒假生活。

我自己也很想知道，到底在寫那兩張考卷時，心裡想的是些什麼。老師的講解我完全沒在聽，只盯著作答的內容看。怎麼會這樣呢？一邊騎車，一邊苦笑，人家說日有所思，夜有所夢也就罷了，現在我卻連白天都不清醒了。

沒有立刻回家，我騎著機車往台中市過去。包包裡有兩張CD，是早上阿邦特別拿過來的，分別要給我跟貓咪。專輯後製完成後，大鬍子老師拿幾張給我們當紀念，其他的則運用他的銷售通路，在一些唱片行販賣。剛剛忘了轉交給貓咪，現在CD全都在我包包裡，而我想中飽私囊，把它們送給熒繡跟金髮妹。除此之外，還有一疊照片，那些是去旅行時，用熒繡的數位相機拍下來的，當中有些是她拍的風景或夕陽，也有不少是相機在我手上時，由我拍攝的，而場景雖然大同小異，但我拍的照片裡十之八九都有熒繡的身影。我請熒繡將照片燒錄給我，用繪圖軟體做了一些簡單的修片，然後再送到照相館去洗成一般照片，想順便帶過去，給熒繡一個驚喜。

天氣老是陰霾著，抬眼看，總覺得這可真是適合皇帝駕崩的好天氣，但願今天接下來的一切會好過些。又是接連幾天沒跟熒繡見面，仔細回想，自從騎著機車去環島一趟，回來後好像就忙個不停。俗話說打鐵趁熱，而我居然在臨門一腳應該補進時，完全掉轉了自己的生活重心。

沒預先打電話通知，我直接前往寒舍。給她個驚喜也好，除了送唱片跟照片，我還可以讓她看看那兩張可笑至極的考卷，一來搏佳人一粲，二來這兩張考卷的內容也是一種表白，希望可以讓熒繡明白我的感覺。

騎過錄音室附近，有種恍如隔世的感觸，沒想到自己居然有幸能夠踏進去，看到眞正的專業錄音工作，雖談不上暗無天日，但總也讓阿邦吃盡苦頭，讓我跟貓咪體驗到恐懼，更讓小狐狸流下眼淚，而幸好這一切總算有了代價，我們終於完成錄音工作，而且成品現在就躺在我的包包裡。然後我想把這份用無數心血作爲代價，好不容易才淬鍊出來的結晶，送給我認爲最值得的人。

市區車多，刻意放慢速度的我，花了比以往要多的時間才抵達，幾乎是以滑行的方式，我騎到寒舍對面的人行道上，還沒物色到一個適當的停車位，就已經看見熒繡的FZR停在寒舍門口。

她在店裡，正好，不過我也納悶，不是說大樹要來把車騎走嗎?怎麼車子還在?隱約地，我有股不祥的預感。小迪奧熄火，我摘下安全帽，隨手就把香菸叼在嘴邊，另一隻手則探進包包裡。拋開那些不祥預感，我想像著熒繡看到那兩張唱片時的表情，她會很替我們開心吧？而我也想像著，當她回到家裡，在那個小車庫中，把唱片放進音響裡，聽到裡頭有一首非常熟悉的旋律，彈著她在東部那個小漁港邊的心情時，又會是怎麼樣的悸動。

紅綠燈眞是久到不行，有點心急的我摸出打火機來點著菸，感覺自己手心裡似乎微微出著汗。等了半天，號誌終於變成綠燈。我深深呼了一口氣，結果就在正要邁出第一步時，卻忽然覺得自己的腳下有千斤重。

寒舍裡走出來三個人，最左邊的是金髮妹，她揮揮手跟旁邊的熒繡道別，而熒繡笑著點頭，卻沒揮手。我順著她瘦削的肩膀往下看，依舊是一身俐落的黑色，她的手跟旁邊另外一個人握在一起，那是大樹，理論上應該已經是她「前男友」的人。

我準備好了全世界要給妳，但是妳要嗎？

33

於是我把那兩張考卷揉爛了，就丟在小迪奧的輪胎邊，連同那根只抽了一口的香菸。不過去了，我不知道自己走過馬路時，要用幾號表情來跟他們說話。大樹臉上沒有太多起伏，我猜不出他的喜樂，但熒繡則有藏不住的喜悅。我知道他們上了FZR一起離開後，無論是否會碰觸到分手的話題，但熒繡總還是愛他的。這我很清楚明白，只是親眼所及還是很難接受，而且我不懂，就算再怎麼愛，但熒繡已經答應分手了，不是嗎？爲什麼他們還手牽著手？爲什麼熒繡臉上還有幸福的表情？那我呢？我這麼巴巴地大老遠跑來，又算什麼呢？

坐在機車上，看著FZR以極流線的弧度在街口轉彎，揚長而去，我幾乎是目不轉睛地，就這麼愣著，心中憤怒也不是，難過也不是。然後天空很配合地開始飄起細雨，這該死的冬天，果然是皇帝駕崩的好天氣，眞被我一語成讖了。

「很不夠意思哪！」突然，背後有人說話，「好歹我也是你朋友吧？就算看到一些你不想看到的，至少也該過來跟我打聲招呼不是？」

我訥訥地回頭，金髮妹就站在後面，連她何時走過馬路的我都沒發現。

「你幫了熒繡一個大忙，但只怕也害苦了她。」早已沒有FZR影子的街口，我們還一起看著。金髮妹自己點了一根薄荷菸，問我要不要到對面去喝杯茶。

「不要。」我搖頭，但視線還維持在同一個方向。

「那我就回家囉？」結果她說：「不要以爲老娘跟你一樣浪漫，在這裡淋雨也沒人同情，我才不想當傻瓜。」

「感覺很久沒來了。」坐在同一個包廂裡，有好多白頭宮女的感慨。看著桌上的百香綠，一如往常，但我聽到的是自己聲音裡的冷清。「她還好吧？」我問金髮妹。

「我不知道這樣算好或不好。」金髮妹搖頭，「就像一個有菸癮的人，你知道每根菸燃燒的其實是你的生命，但忍不住你就是需要，戒也戒不掉。」

我無言，金髮妹繼續說：「所以熒繡即使答應了大樹要分手，但看到他時……」攤手，她說：「就像你看到的那樣。」

所以我明白了。就算明知道事已不可爲，想要鼓起勇氣來壯士斷腕，但忍不住地，一旦碰面了，總還是貪戀那份愛情的溫暖，能有一時總是一時。

「所以我說你幫了她，但可能也害了她。」金髮妹說：「是你給她鼓勵，讓她有勇氣，確定她是應該做她自己，而不是順應誰的要求去壓抑或改變。但問題是，或許你不夠了解她，不知道熒繡其實沒那麼勇敢，尤其是在大樹面前時。那會讓她很矛盾，而且是很自覺的矛盾。」

熒繡不是眞的那麼堅強，這個我當然知道，只是我眞的很難接受剛剛見到的那一幕。看我暫時還無言，金髮妹嘆了口好長的氣，「記得以前我跟你說過，我之所以會支持你，是因爲以前大樹讓熒繡流過很多眼淚，但現在我發現，其實你也沒好到哪裡去，而且兩人習題現在變成三角函數，眞是要命。」

「那大樹怎麼說？」想了想，我問。

「他大概也很無奈吧。」金髮妹思索了一下，「我不覺得他是壞人，也不覺得他像熒繡說的那樣，是個自我主觀的人。基本上，我認爲那棵樹就眞的是一棵樹。」

「什麼意思？」

「就是一棵樹呀。沒有思考迴路，沒有想像空間，不知道變通，也不曉得妥協或溝通的一棵樹。你知道樹木的成分嗎？」

「一堆很粗的纖維跟水分？」我在腦海裡確認了一下，大樹確實是如此沒錯。

「對，我覺得大樹就是這種人。」她說。

很好笑的比喻，金髮妹說大樹像一棵樹，而我補充，說熒繡則像個精靈。一棵粗壯而單調，但其實能帶來很多庇護的樹，樹上住著一個貪戀這份庇護之情，但卻又難耐與壓抑的精靈。

我問金髮妹，想知道大樹這趟來台中的目的，金髮妹說：「我猜他不是真的想分手，或者至少不是永永遠遠的分手，只是跟熒繡之間老是處不好，所以想暫時分開吧。這趟來也沒聽說他要把機車騎走。」

「那他來幹麼？」

「誰知道？」她攤手，「跟你之前一樣，這兩天都來店裡，也沒跟誰聊天，就在包廂裡看漫畫、喝飲料而已。」看我低頭沉默，金髮妹又嘆口氣，「反正一切都很詭異，熒繡變得不像熒繡，要放棄又放不下，要堅持又不知道自己該堅持什麼，很讓人受不了。那棵樹也是，不知道還有誰可以去點醒他，希望他睜開眼睛好好看清楚，其實他眼前的女孩子已經是最好的了，叫他不要再龜毛了。」

躺在工作室的地上，我愣愣地出神。貓咪又不見了，留下一張紙條，說過幾天就回來，我猜他大概又到台東去了，可能是去炸那個頭目的村子了吧。

我還能怎麼做呢？有種想放棄的念頭，畢竟我認識熒繡才幾個月，能帶給她的，跟大樹完全不能相比。但難道不能比就活該要放棄？我仰頭望天花板，看著蜘蛛網發呆。好安靜的工作室，大鬍子老師回去繼續玩他的木工了，阿邦跟小狐狸也不見了，唱片做好後，我們暫時休兵，大家也就斷了聯絡。只剩下我一個人，孤孤單單。不想待在宿舍裡，也沒有想去的地方，任由下巴長出細短的鬍渣，我就這麼安靜地躺著，除了上廁所，幾乎一動也不動地，就只是持續地躺著，連澡都沒洗。我想思考些什麼，但沒辦法，就是做不到。而且沒有睡意，兩天睡了不到三個小時，我感覺自己身體裡有些什麼似乎已經失去了，那種被掏空的滋味非常強烈，試著從喉嚨裡發出一點聲音，但是不行，乾啞的喉嚨迸出來的只有粗沉的聲響，而我甚至連眼淚都流不下來。

所以現在還能怎麼辦呢？當一切都被我搞砸之後？我試圖去埋怨與責怪自己，可是埋怨或責怪又有何意義？就像熒繡始終拋不下大樹一樣，愛情本來就無可厚非，沒有半點對錯可言，所以我落得現在這模樣或下場，一切也都是自找的，只是在我咎由自取的同時，也打亂了熒繡的世界，害得她不上不下而已。閉上眼睛，完全沒有睡意，我繼續思量著，想從記憶中去尋找看看，或許曾經閱讀過什麼樣的書，書裡有過類似的情境。說不定從別人的故事中，我可以找到一點足以爲借鏡的線索。然而沒有，或者可能有，但不管有或沒有，別人的故事總是別人的故事，你可以冷血地看完一本又一本的小說，但自己卻扮演不了現實世界裡的主角，眞實的故事，太沉重了。

我覺得非常悲哀，嘆了口氣，連同情自己的心情都沒有，口袋裡摸著，沒有香菸，香菸早就被我抽完了。但就在伸手掏口袋的同時，我腦袋裡卻想到了曾經介紹給熒繡的村上春樹，而從村上春樹這四個字，我想起充滿無奈與感傷的《挪威的森林》，然後又從這本書裡想到有個小說人物說過這樣一句話：不要同情自己，同情自己是下等人才幹的事情。

下等人，原來不知不覺間，我竟變成了一個下等人。然後我又想，如果我不想當一個只會同情自己的下等人，那我還能幹麼？而如果我不能爲自己做點什麼，那爲她呢？是不是我可以爲熒繡做點什麼？那天她許了兩個願望，如果上天拒絕讓我們兩全其美，那至少她的另一個希望是否可以爲她實現？

所以我坐起來了，整個人像被電到似地，幾乎是瞬間反應般地坐了起來。腦袋裡一片空白，但有個信念卻如此清晰地印在思緒裡，我想，至少我可以爲熒繡再做點什麼！

失去一切其實並不可怕，只要我還能做點什麼，為妳。

34

又跑了一趟寒舍，沒有具體的想法或打算，就只有那個念頭而已。從工作室一路過來。沒有想跟熒繡說的話，也不知道見到了她，我會說些什麼。

「好久不見！」結果在櫃檯邊，我還沒看見熒繡或金髮妹，居然是大樹先跟我打招呼，他拿著點好的飲料單子走下樓，一臉欣喜地跟我寒暄，他的笑容讓我突然傻掉，一時間還有點措手不及。照理說我應該要扁他一頓，因爲這傢伙把我視如珍寶的女孩弄得像行屍走肉般，整副身軀裡盡皆是自我矛盾卻無可自拔，但他還在那邊作他自己的春秋大夢。

「上台中也不通知的呀？」但結果我居然在對他笑。

大樹拉著我到他堆滿漫畫的包廂去，我才知道熒繡今天根本沒班，這傢伙反正無處可去，所以租了一堆漫畫在這裡看。也難怪見到我時他會這麼開心，因爲總算有人可以陪他聊天了。

「很可惜呀，相隔兩地。」大樹說：「我這個人平常不太會說話，也很少有聊得投機的朋友，如果你住台南或我住台中就好了，大家可以常見面。」

我們是聊得很投機的朋友嗎？實在非常懷疑。坐在包廂裡，他問我最近有沒有表演，說非常想來看看。

「下星期有一場。」我點頭，「約熒繡一起來吧。」

提到這個名字，大樹表情一黯。過了半晌，他問我想不想出去晃晃。

「該怎麼說好呢？」寒舍附近就是台中公園，但誰也沒有閒逛的心情，大樹跟我要了一根香菸，不過不會抽菸的他，第一口就嗆到了，咳了半天才繼續說話，「我們總是在勉強彼此，搞到最後大家都模糊了自己原本的樣子，誰也受不了誰。有句成語說得好，畫虎不成反類犬。」

「當隻小狗也沒啥不好，幹麼非得當老虎？」我問。

「話是這麼說沒錯，但……」他又皺眉，「我不知道怎麼解釋才好，可是你不覺得嗎，如果有一天你發現自己喜歡的那個人，跟你原來的期望有非常大的落差時，那種感覺讓人非常難受。」

大樹不是第一個這麼問我的人，我想起旅行前，在逢甲逛書店的那一晚，熒繡也問過類似的問題。

「那種落差換來的，難道只能是難受嗎？這問題你認眞地想過嗎？」我很快地回問：「而如果你眞的仔細想過，確定自己眞的受不了，那爲什麼不分手？」我的語氣有點冷，對於他們的分分合合已經耳聞不少，我想知道的是他究竟愛不愛熒繡。

「我們不是沒分手過……」他的聲音低了下來，「但最後都沒分成，我們終究還是離不開彼此。」

「所以你是需要她，還是愛她？」

「這不一樣嗎？」他抬頭問我。

「當然不一樣。如果只是需要，那麼今天你可以需要她，明天就可以需要別人；但如果今天你愛她，那明天你就可能還是只愛她。」

「那我想是愛吧。」他嘆口氣，「分手過幾次，我也不是沒在分手期間喜歡過別人，但最後我覺得熒繡終究還是無可取代的，雖然在很多面向上，我們要的都不一樣……」

「既然你知道你愛她，那就夠了。」我打斷他的話，站起身來。台中公園沒有鳥語花香，只有這個冬天冷冷的風，冷冷的天空，還有冷冷口氣的我。「愛一個人，就別要求對方做過分的改變來配合你。每個人都有不同的生長環境與背景，相處本來就會產生摩擦，當你愈認識一個人，就會愈發現這個人跟你原本想像的並不一樣，你該做的不是扭曲對方來符合你的想像，而是彼此適度地改變，試著配合對方才對。」

他無言，我也不打算讓他開口，自顧自地繼續接著說：「試著從她原有的個性裡，去發現她的美好，當你發現你剛認識的熒繡，跟後來你看到的熒繡原來有所不同，出現落差時，與其去要求她適應你，倒不如反過來把這當成是一種新的美好，因爲你看到了更多的她，這難道不值得你開心嗎？」

他愣愣地看著我，我也不知道自己到底在說什麼，對著這個其實不怎麼認識的大男生，我忽然覺得他年紀雖然比我大上兩三歲，但終究還只是個不懂愛情的傢伙。

「如果你知道你這輩子都離不開她，那就好好對待她。」我說：「你不可能要求一個從別人娘胎裡生出來的女娃兒，長大後會變成你腦袋裡那個模子所刻印出來的模樣。」

「我……」他像是終於聽懂了一些什麼，跟著也要站起來。

「坐下！」我忽然用很嚴峻的口氣對他下命令，話一出口，我自己也嚇了一跳。「熒繡並不傻，她會對你這樣死心塌地，那表示你也不差。既然這樣，那你更應該放聰明點，仔細想想。別再埋怨她那些與你期望不相符合的地方了，有時間埋怨那些，不如好好感覺一下，是不是只要換個角度，她那些讓人不滿意的地方，就會讓你覺得很特別。」

我猜我一定是瘋了，按理說我應該慫恿大樹堅決地跟熒繡分手才對的，但結果我聽見自己嘴巴裡講出這樣的話來：「雖然我認識你或熒繡都不算太久，但我跟靖惠一樣，都希望熒繡幸福快樂，而不是像現在這樣，明知道已經跟你分手，但卻忍不住又卑微地貪戀你來台中時的那一點點美好，還欺騙自己，假裝自己還活在過去的日子裡。不認識熒繡之前，我可以爲了交一個她這樣的朋友，差點連命都不要。你跟她認識多少年了，你應該更知道，她是個值得你付出的對象。」

大樹愣在當下，腦袋還沒轉過來，我又說：「如果她內外的條件都很糟，那麼你可以試圖改造她，或直接放棄，因為有些人穿了龍袍也不像太子；但事實上今天熒繡的條件並不差，只是她的優點剛好你都看不見，或者錯以為那是壞處而已。」

一口氣說完，我有點喘，沒等他開口，我在轉身前留下最後幾句話：「看著她的眼淚，頑石也應該要點頭了，更何況你只是一棵樹。」

風眞的很冷，僅著單薄的衣衫，我從公園附近離開，又回到工作室。小迪奧的速度不快，但我卻渾身發抖，而我猜想，那不是因為天氣的關係。

原本不知道消失到哪兒去的那對兄妹忽然回來了。阿邦不讓小狐狸過來跟我說話，他也只是安靜地聽著我的樂器聲，配合地打著鼓，讓我高亢的弦音更加銳利而激昂。面對角落，我閉著眼睛彈吉他，即使眼淚流了下來也不擦。

我能為妳做的，就這麼多了。

35

「很難想像你就這樣放棄了。」寒假過了快一半，轉眼農曆年就要到了，家裡打過幾次電話來，但我就是不想回去。又約在酒館裡，不過今天小狐狸心情不錯，比較想喝醉的人是我。

「不然怎麼辦？」我有點醉意，在剩下一半的啤酒瓶口吹氣，讓它發出「嗚嗚」的低鳴聲。

「把她追回來呀，反正他們也未必能夠復合。」小狐狸說。

「這種趁人之危的事我幹不出來。」

「這哪算趁人之危？這頂多是撿便宜吧？」她頗不以爲然。

撿便宜？我看著小狐狸，左看右看，我說：「我以爲這世界上沒良心的人只有貓咪一個。」

喝著酒，聊到下次的音樂表演，也聊到那張唱片，我問小狐狸會不會就此不唱了。

「應該會繼續唱吧。」嘆口氣，她說：「上次在錄音室外面遇到熒繡姊，她沒叫我繼續或放棄，只問我是不是眞的喜歡唱歌。她說不管別人怎麼要求或挑剔，重點是我自己喜不喜歡。」

「那妳喜歡嗎？」

「喜歡呀，當然喜歡！」她點頭，「雖然我哥眞的很討人厭，雖然錄音室裡那些人很龜毛，可是我想了想，確實我是喜歡唱歌的，不然也不會硬著頭皮把歌都錄完，還把唱片做出來。」

「只是錄出來的歌聲裡有很多愛哭鬼的鼻音而已。」我笑著。

沒事就好，我還眞有點害怕小狐狸要退團，那阿邦一定會氣到中風。從酒館裡離開，回到宿舍，獨自坐在電腦前，只開著檯燈，我看著放在書桌前那塊已經報廢的C.D.I.，靜靜地出神，想著在莒光新城外，熒繡一直問我跟蹤她到底有何目的的那一天晚上。其實我就是對妳一見鍾情，非常喜歡妳而已。現在我猜我大概有勇氣說了，可是也太遲了。

我們住的社區很大，管理委員會經常召集社區理幹事開會，會舉辦很多活動，我跟貓咪在這兒大概一年多的時間裡，參加過園遊會、烤肉會、麻將大賽，甚至還寫過春聯。這次他們要辦的是音樂比賽，就在社區公園，最近已經搭建起舞台，規模不小。

很可惜，所有我跟熒繡的約定都沒能實現，一場電影沒好好看完，上次音樂表演她沒空來，雖然我們一起去旅行，但也不是只有我跟她。當然，我想爲她泡碗麵的夢想就更不可能成眞了。算算時間，熒繡的生日已經過了，應該是大樹陪她過的吧？就算是欺騙自己、安慰自己，但至少有大樹在身邊，總還活在過去的甜蜜裡，而且，大樹再怎麼不解風情，至少熒繡生日那天總不會笨得還窩在漫畫堆裡，這一點應該不必擔心。

所以我想我已經把我所有該做的都做完了，剩下的……哪裡還有什麼剩下的呢？我這樣問我自己，而答案果然是否定的。

跟大樹談過後，又過了好幾天，熒繡傳訊息來，問我有沒有空，約著要去逢甲逛逛，可我婉拒了，說是身體不舒服，但其實我非常健康，只是躺在床上發呆過了一天。又沒兩日，她問我想不想去世貿看漫畫展，我一樣回答她感冒還沒痊癒，但結果當天我人在工作室，連吉他都沒練，就這麼聽了半天音樂，另外半天則是隔岸觀看小狐狸跟阿邦吵架，這次不是爲了唱歌的問題，而是小狐狸說她想嫁給瑞瑞，阿邦氣得打電話給「月牙」的團長，叫他們把瑞瑞給開除掉，否則以後見他一次扁一次。

很難去探討自己現在的想法，我知道自己幹了些什麼，但卻沒有問自己這麼做的目的爲何。讓時間慢慢流動吧，我自閉地認爲時間可以在流逝的過程中，也沖淡很多人對人之間的情感，至少，我希望自己做的那一點事情，能讓熒繡與大樹的愛情起死回生，然後最好他們從此住在豔陽盛夏的南台灣，而且永遠忘了我曾經出現在他們的生命裡。只是當我愈這麼做時，我掏空自己的部分也就愈多，到最後我變成一個對什麼都慵懶的人了。

「再不動一動，讓你腦袋轉一轉，你的靈魂就快要長香菇了。」貓咪對我這麼說時，我剛拿著沒營養的八卦週刊走進廁所。表演前兩天，換金髮妹打電話來，原本我不想接這個陌生號碼打來的電話，但偏偏手機在我蹲馬桶時響起，雞婆的貓咪幫我接了，還拿進廁所來給我。

「你很難找耶！」廁所裡，我已經拉得要死要活，耳朵還要遭受這種轟炸。「熒繡說你不知道死到哪裡去了，還以爲你是故意不想見她，所以才換我來打電話。」

「沒有故意不接，我是有理由的。」

「那你說說看呀，你把事情搞得一團亂以後就人間蒸發，到底是怎樣呀？」她還在電話那邊大呼小叫。

「誰一團亂？」我不想在廁所裡跟她夾纏不清，只想趕快掛電話。「好啦，晚一點再說啦！」

「晚一點是多晚？我跟你說呀，徐雋哲！你這樣子……」她還不想掛。

「先讓我擦屁股好不好！算我拜託妳了……」我已經快要瘋了。

只是走出廁所後，我終究還是不想接觸到跟熒繡有關的任何人或事，考慮很久，後來我勉爲其難地，想用訊息溝通就好。第一封簡訊我問金髮妹到底發生什麼事，她說大樹在跟我見面後，居然一聲不響就跑回台南去了，讓熒繡非常擔心，後來是金髮妹陪著熒繡一起回台南，他們三個人約了碰面，但大樹半句話也說不出來，只說他覺得非常抱歉。

我不知道他在抱歉什麼，所以才又傳第二封過去，金髮妹說這個她也不清楚，詳細的內容，大概就是熒繡想當面跟我說的話，可是卻發現不管用什麼理由，我都一概以感冒來推搪，簡直就是在裝死。

所以那幾天裡，熒繡是否爲了這些，而有什麼想要跟我說的嗎？到最後忍不住，我終於還是打給了金髮妹，不過她說這些電話裡講不清楚，叫我立刻到逢甲夜市去，她現在人就在那個賣健康醋的攤子，非得見上一面，好好罵我一頓不可。

我是非常不願意出門的，都已經快半夜了，天氣很冷，而要談的又是我最不想談的事。只是我還是出來了，畢竟事情還沒結束不是？我想或許熒繡還有需要我的地方。騎著貓咪的ＦＺＲ，車才剛停下，她就跑過來，沒好氣地跟我說：「實在搞不懂你們是怎麼回事，尤其是你！」

「我？」我連車都還沒下呢。

「原本我是比較支持你的耶，結果你居然把她推回去給那棵蠢樹？」她瞪我。

「妳是說……」這是我所希望的答案，但也是我最不想聽見的答案。

絲毫不顧我內心裡的矛盾掙扎，金髮妹迫不及待地對我嚷著：「他們復合了啦！都是你這個大白癡！」

然後我沒有任何表情，既不驚訝也不驚喜，只有心裡的石頭重重沉了下去，那瞬間，我整個人就這麼沉著地站定，像是靈魂的一部分終於死去，我點點頭，半句話也沒說，然後上了車又離開，只留下一臉不解的金髮妹。

我想，真的有些什麼死去了，對吧？路上，迎著風，我問自己，然後又對自己點頭。可奇怪的是心裡竟然不起半點波瀾。真是死得徹底了，我自己。

表演當天的下午，天空飄著細雨，阿邦帶著小狐狸也來了，就窩在我房間裡，他們正一邊擔心雨勢是否會影響今晚的演出，但一邊則在研究貓咪的發明。那個電機瘋子把電腦螢幕的線路轉接在投影機上，讓它投影在我房間的白牆壁上，現在三個人正在一起看著超大畫面的柯南電影版，沒有人談到今晚的表演，也沒有人在乎就躺在他們旁邊，一整個死魚樣的我。

「你已經快發霉了。」叫我滾過去一點，貓咪說：「別擋著畫面。」

我不作聲地轉過身去，面對牆壁。閉上眼，一點睡覺的心情都沒有，耳朵裡是他們三個隨著劇情起伏，時而發出的驚嘆聲。偶爾我會拿起手機來看看，看看時間，看看一些以前的簡訊，看看到昨天為止，一共累積的三十二通未接來電。全都是熒繡打的，四天內打了三十二通電話，而我每次都看著來電顯示，一臉木然，直到她掛斷為止。然後我會在電池用完時再換一顆，等它下次又響。

貓咪問我爲什麼不接，無論怎樣大家總是朋友一場，是有必要談清楚。愛情嘛，沒有誰能保證一定順遂如意，但至少也該拿得起放得下。我說放屁，會講這種話的人，一定沒有眞正談過戀愛。能講什麼呢？當金髮妹告訴我，如今他們已經復合的時候，我只能無言。我躺在床上，腦子裡不斷問自己，就算接了電話，見了一面，又能改變什麼結果？距離熒繡要搬回去的時間愈來愈近了，我再做什麼都是多餘的，甚至還可能造成彼此的困擾，這又何苦何必呢？

不知不覺間，他們已經看完柯南電影版，小狐狸還意猶未盡，忽然問起之前我寫的那篇小說，要貓咪找出來給她看。

我很想起身阻止，畢竟就是從這篇小說開始，才讓我有了現在的沮喪，而即使我覺得自己生命裡有些什麼已經死絕，但也不希望還有人對著這點殘骸指指點點、議論紛紛。可是我連阻止的力氣都沒有，耳裡聽見他們的笑聲，貓咪已經打開網頁，就在牆壁的投影上，映出了電機系那個網站，然後小狐狸一聲驚呼，因爲他們都看見了滿滿的讀者回應。

我用棉被蓋住臉，假裝已經睡著。他們一一瀏覽那些回應，一直看到最後一頁時，阿邦忽然問大家，今天星期幾，然後小狐狸突然尖叫一聲，接著阿邦就一拳捶了過來，隔著棉被打在我頭上，他大叫：「哇靠！你還有心情睡覺！快點起來看！」

以前我問過你，我值得你這樣做嗎？你說值得。

那麼現在呢？

我不懂，那個總對我細細叮嚀，對我一一囑咐的人到哪裡去了，是不是我做錯了些什麼？否則何以連一個說明與解釋的機會都不給我，逼得我只好到這兒來找人？

在一場風波終於過盡，當有些什麼正逐漸清晰好轉的同時，你卻這麼走了。

不再見我了嗎？

就算只肯讓我對你說句感謝的話都好，好嗎？

因爲沒有你，就沒有今天的我。

我還記得那個小迪奧發不動的晚上的你，也記得那個陪著我一起，漫無目的地走在深夜的火車站外，讓喝醉的我把機車撞壞，卻一句責備也沒有的你。

如果可以，我多麼希望當我犯錯時，你是可以大聲責備我的，而不是像現在這樣靜默地消失無蹤，好嗎？

也許你並不覺得，但事實上你對我卻有著極大的重要性。

所以我很唐突地在這裡留言給你。

不想造成你的困擾，所以沒到宿舍找你，當然電話也就不打了。

有些話我想對你說，縱然只是道別與感謝這類你可能毫不在意的字眼，但那對我卻是非常重要的。

在校門口等你，星期六早上九點，在我要搬回台南前的最後一天。

有緣分的話，你就會看到這則留言。

我相信緣分，因爲緣分，我們才有第一次見面的機會。

而除了相信緣分，人也還需要做點努力，這是你告訴過我的。所以，希望你願意給我這個機會，星期六，不見不散，我會一直等著。

你的FZR女孩　熒繡

在偌大的牆面上看完留言，我目瞪口呆，現在時間是下午四點半，距離我們的表演只剩兩個小時不到。距離不是問題，校門口離這兒不遠，但重點是，算算時間，如果真的不見不散，那她已經在這漫天的雨霧中，等了我超過八小時了。

一句話也沒說，連外套都來不及穿，我忘了自己連日來有多麼像隻縮頭烏龜，瞬間整個人跳了起來就往樓下衝。而腳步一急，一樓還沒到就摔了一跤。趕緊爬起，打開門口，結果口袋一摸，又發現沒帶機車鑰匙。

「吉他我幫你帶去，人你則把她給我帶來！」阿邦在樓上陽台邊大喊。

「騎快點！」小狐狸也大喊。

「問她有沒有單身的同事或朋友！我喜歡上次那個金髮妹！」然後是貓咪跟著喊，在他被扁的同時，我接到他丟下來的鑰匙，FZR的鑰匙。

人與人之間沒有值得與否的問題，只有願不願意。

還有，我很心疼。

36

不算深的夜　不熱鬧的街　不溫暖的雙手　冰冷了誰
太清晰那年　太模糊昨天　你溫柔的指尖　我看不見
你沉默的雙眼　你側面的臉　你眷戀的從前　無聲蔓延
我緊鎖的眉　我心裡的缺　我強忍的淚水　你看不見

愛太美也是一種罪　轉身後才驀然發現
我心裡的悲　我不能挽回
我在大雨中心力交瘁

愛太美也是一種罪　才讓人無止盡地追
都無關是非　沒有錯與對
就算在大雨中如此狼狽　卻不怨不悔

在太深的夜　在陌生的街　不溫暖的雙手　你看不見

唱了第一遍，小狐狸今晚的嗓音很沉，在副歌時也極力壓抑歌唱的情感。我站在舞台角落，短短四個小節的間奏時，完全沒有抬頭看台下的觀眾。

不算深的夜　不熱鬧的街　不溫暖的雙手　冰冷了誰
太清晰那年　太模糊昨天　你溫柔的指尖　我看不見

你沉默的雙眼　你側面的臉　你眷戀的從前　無聲蔓延
我緊鎖的眉　我心裡的缺　我強忍的淚水　你看不見

第二遍主歌時，阿邦開始加重鼓聲，落地鼓每一下都踩進了我心裡，讓我回想起好多次，每當跟熒繡見面，提到大樹的時候，她臉上的那些低落神情。而同時，我也想到這些天來，我自己這些懦弱得不能也不敢讓她發現的心情。只是，我終究藏不住。

拉得很長的間奏，非常明顯的拖拍，不過阿邦跟貓咪都很配合，任由我高音一個接一個往上飆，那不是原本唱片錄製時的編曲，但今晚我就想這麼彈。

吉他高把位的琴格都很小，我低著頭，緊咬著牙，左手手指飛快地顫動，有沒有彈錯呢？大概有吧，但那又怎樣？這時候我只想為兩個人彈吉他，其中一個站在下面的人群中，另一個則是我自己。

細雨還飄著，跟今天下午一樣。那時的我一路飆到校門口，天色陰鬱，雨霧飄得我滿身濕。校門口連野狗也沒有半隻。我把車直接停在警衛室，校警問我想幹什麼，我沒理會，反而問他有沒有看見一個女孩。

「女孩？」

不假思索，我跟校警說：「不高，長頭髮，應該紮了馬尾，最有可能的話就是穿得一身黑。」

那校警也沒多想，說有，中午過後天氣開始飄雨時，他還問她要不要到警衛室避雨，女孩拒絕了，說怕要等的那個人來了會找不到她。

「那現在呢？」我急著問。

「不知道。」結果校警伯伯搖頭。

我焦急地四處張望，把車丟在校門口，在附近走了一圈，確定再沒煢繡的影子。會去了哪裡呢？不是說不見不散的嗎？或者她放棄了？今天是她在台中的最後一天，如果我們終於沒能見到面，那是否這輩子我們就此再沒見面的機會了？

惶恐著，我又跑去問了校警一次，他還是跟我搖搖頭，正當我想掐住這老頭的脖子，逼他認真多想一下時，結果校警伯伯忽然瞪大了眼，伸手指指我的背後。

「對不起。」這是她說的第一句話，也是我最想說的一句。「說好不見不散的，可是眞的好冷……」還微微顫抖著，熒繡勉強擠出一個笑容來，「所以我跑到對面去買杯熱咖啡。」

我失神地看著她，細雨早已濕透了她的一身黑，也把她的頭髮凝成了束。我沒接過那杯咖啡，只是癡癡地看著她依舊純眞但卻充滿了感傷的雙眼。

「我值得妳這樣做嗎？」終於，我吐出了一句話。

然後她點點頭。

第二遍副歌在我漫長的即興獨奏後開始。腦海裡飄過了今天下午那一幕，我在最後那四個小節把旋律拉回來，阿邦跟貓咪立刻察覺，也跟著我回到原來的音樂架構上，然後小狐狸接著唱下去，唱得毫無保留，把她渾厚的嗓音特色表露無遺。這是一首我寫的歌，寫的是從認識以來，就一直爲愛所苦的熒繡。

我還能爲她做什麼呢？已經想不到了，當我連歌都是爲了她而寫，吉他也爲了她而彈時，我想我已經掏空了一切了。我把音樂的重心交給小狐狸，這時只有重重地一下下刷出節奏，而那時我這麼想著：情歌我可以再寫上百首，但只怕每一首的歌名都只有一個人的名字了。

奔放高亢的情歌總有唱完的時候，當小狐狸唱完最後一句，我的吉他變成迴盪而緩慢的單音時，歌曲終於結束。這是一首從憂鬱的Am和弦開始，卻在抒情而充滿情感，無限迴盪的C和弦結束的情歌。

我不知道台下到底有多少觀眾，也不在乎有多少人在聽。當然更不會介意這場演出原來只是社區運動大會附屬的家庭KTV比賽裡的開場贊助演出。把吉他交給貓咪，然後我騎著FZR，這大概是最後一次了，我們一起，用很慢的速度離開東海，往台中前進。

下午見面時，並沒有太多交談，不知是因為冷呢，或者因為內心激動，她用顫抖的聲音問我，為什麼這段時間以來要躲著她，但我沒有回答，只能微笑以對，然後拉著她到一旁，要她趕快喝下那杯咖啡。

我自己身上也沒有外套，所以只好打電話回去，要貓咪出門時帶件大衣跟安全帽給我，也順便叫他把我的包包背出來。在上台前我跟熒繡幾乎沉默著，休息區裡，她坐在我身邊，不說話，只讓我靜靜地、緊緊地握住她的手。直到現在，我們還是安靜著，一路回到莒光新城外，那個我再熟悉不過的巷子口。

「很好聽的一首歌。」把安全帽還給我，她說：「只可惜以後可能沒機會……」

「謝謝。」我微笑，很苦澀的微笑，從包包裡拿出一些東西來給她，「以後妳還是可以常聽，因為歌已經錄在唱片裡了。這張唱片多虧了妳，不然小狐狸可能唱不完。」

「這對樂團的發展應該不無小補吧？」她看看專輯封面，上面有她很熟悉的風景，而這也是我當時會急著想把專輯拿給她的原因，因為封面是在一個小漁港的堤防邊，停著一部FZR的畫面，那照片我修過，整個都是藍色的色調。

「這是……」她驚訝得說不出話來。

「妳拍的照片。雖然經過一點修圖跟加工，不過看得出來有粗糙感，就像我們的音樂，也像那段旅程中，我們大家的心情。」我笑著說：「希望可以給大家做個紀念，就像專輯的名稱一樣：藍色樂章。」

然後她的眼淚流了下來。

「東西收好沒有？」忍不住，我抬頭往上看，依然不知道她家在哪一戶。

「差不多了，剩下的我姑姑會幫我寄回去。」熒繡的聲音很低，「大樹今天把他的車騎回去了。」

「從這裡騎回台南？」見熒繡點頭，我心裡想，這也眞是夠瘋狂的了。所以輸給他也沒什麼好埋怨的。

「在台南碰面時，他說你曾經跟他說了一些話，我問了好久，他也不肯仔細說。不過大樹說，那些話讓他想了很多，後來他告訴我，或許我們都太堅持自己的觀點了，你讓他知道，原來一個人看另一個人，可以不只一種角度，換個位置看，或許就會看到很多不同的地方，那些原以爲是缺點的，可能就會變成優點。」

「沒錯呀，這不是很簡單的道理嗎？」我勉強撐起笑容來回答。

「是嗎？」

「就像妳一開始一直以爲我是壞人，覺得我是歹徒一樣，就在這裡。」我指指巷子，「妳拿著扳手，一直問我跟蹤妳的目的。看吧，後來妳是不是就發現了，其實我是妳最好的朋友，對吧？」結果我幾句話又把剛剛好不容易建立起來的和緩氣氛全部打碎，熒繡一低頭，眼淚流了下來。

「我不知道大樹是不是眞的想通了什麼，但不管怎樣，如果不開心的話就回來，這裡還有我。」說得有點肉麻，我趕緊補了一句：「靖惠也會在。」

「謝謝。」聲音哽咽著，她低著頭。

然後是好長好長的沉默，直到天空又開始漸漸飄雨，我叫熒繡先上樓，但她卻不肯。

「有什麼話以後再說。」拍她肩膀，我催促。

「還有以後嗎？」但結果我卻看見她滿臉的眼淚。

「誰知道呢？」我覺得很不捨，只能用袖子擦擦她的眼淚，但淚水卻跟雨水一樣，擦了又濕。

「我欠你很多……」

「所有我為妳做的，都是我願意的。」於是我不擦了，給她一個好長、好長的擁抱。這是第一次我們擁抱，也是最後一次。

直到雨水又淋濕了我和她，鬆開手，我說我要回去了。熒繡點點頭，她回身指著大樓，告訴我那上面八樓邊間還開著燈的，就是她二姑姑家，視野很好，可以把這個巷子看得一清二楚。

「時間很短，可是你讓我看見很多。」她努力收拾哭泣的情緒。

「妳也是呀。」我低著頭，不敢多看她，深怕再多看，會讓我忍不住自己的眼淚，「妳讓我看見自己有多麼不勇敢，原來我很害怕面對自己的內心。」聲音漸低，最後我終於聽不見自己的聲音。

「快上去吧，先洗澡，不然會感冒的。」勉強打起精神，我說。

「等我洗完澡，再打開窗戶的時候，還會看見樓下有個怪人在等我嗎？」一樣是很勉強的微笑，熒繡看著我。

而我搖頭，因為已經不需要了。

那個巷子依然深邃漆黑，讓人懷疑它根本就是條死巷。但其實不是，因為不是，所以以前熒繡才能騎著FZR繞了一圈後，從巷子另一端回來，並發現了一臉鬼祟的我。

我看著她的背影消失在巷子深處，並祈禱她千萬別回頭。因爲只要一回首，就會看見我終於忍不住的眼淚。而她沒讓我失望，從轉身到消失在黑暗中，一次也沒轉過頭來。我知道熒繡也不想讓我看見她一臉淚水的樣子吧？

就這樣，坐在機車上，完全感覺不到天氣的濕冷，我靜靜地看著她的背影終至消失，然後說了一句我從來沒有眞正說出口的話：「再見了，我最親愛的FZR女孩。爲了我，妳要很幸福。」

發動機車，我要在她上樓開窗前離去，而就在轉出巷口時，我嘆了口氣，決定在這一路上，好好又想一回，這段關於我們雖然短暫但卻深刻的故事。

愛太美若也是一種罪，我想我已承受得坦然無悔。

37

「你知道爲什麼我不看網路小說嗎？」很久之後，有那麼一天，當我又寫了幾篇小說，在網路上逐漸有點名氣，開始有人拿我跟當紅的前輩如藤井樹等名人相比擬時，貓咪忽然這樣問我。

「爲什麼？」

「因爲我打死也不相信。」他用電烙鐵正在自己的Bass上燒烙出一隻貓的形狀，不過我怎麼看都覺得那像豬。「居然有人愛來愛去，愛得要死要活，愛到非卿不娶、非君不嫁的深情，但卻連嘴也沒吻，手也沒牽，當然連床也沒上。」

「不是每個人都跟你一樣用下體在思考的。」我呸了一聲，「而且其實我有牽過她的手，我們也擁抱過。」

「但是你很變態地把她拱手讓人。」他用非常鄙夷的口氣對我說：「我深深地懷疑你到底是不是眞的懂愛情。」

懶得跟這個人繼續囉唆下去，我覺得眞正不懂愛情的人應該是他才對。既然愛對方，那當然應該幫她找到幸福，不是嗎？既然她要的幸福不是我能給的，那我又何必枉做小人？

踹了一腳，我叫貓咪準備出門，時間已經不早，最近我們常遲到，爲了製作第二張專輯，阿邦又開始對大家進行地獄特訓，同時也嚴格限制小狐狸跟瑞瑞約會的時間，非得要掌握大家的行蹤不可。

上次那張專輯，我們沒拿到半毛錢，爲了讓錄音品質更好，阿邦提議要把那一點點賣唱片的收入全都補貼給錄音室，請他們做最好的後製。現在這下可好，身無分文的我們又要開始爲下張唱片絞盡腦汁地張羅。

跟貓咪一起出門，換我騎車，從中港路往下飆，在交流道附近轉彎，我們要繞過工業區，走新闢的馬路，一路飆到工作室去。不知從何時開始，我養成了在路上騎車時會到處亂看的習慣，總以爲有一天，或許我會再看見一個騎著藍白色ＦＺＲ的長髮女孩。不過想當然耳，這種事從沒發生過，甚至在街上連ＦＺＲ都很少見了，我懷疑這世界上只剩我跟貓咪兩個遠古生物還在眷戀這款老車。

「說真的，你後不後悔？」停紅綠燈時，貓咪忽然又問我。

「你說熒繡的事嗎？」

「廢話。」

抬頭，最冷的冬天已經過去了，相隔一個春節，再回台中時，我收到一份她寄來的包裹，裡面有一本小冊子，那冊子打開來，我赫然發現，開頭的第一頁就是一封熒繡寫的短信，而之後全都是當時我們去旅行時所拍的照片。

當時我已經將照片用繪圖軟體修過，後來熒繡又在照片檔案上加註文字，寫的全都是她那趟旅程中的心情。

看著冊子時，我人正坐在宿舍的陽台欄杆上，吹著不算冷的微風。那些照片我看了好久，腦海中浮現的，全是旅程中的點點滴滴。

熒繡不是個多話的人，對所有事情的感觸，始終都藏在自己心裡，不斷地環繞迴旋，靠著那本冊子裡的信與照片，我這才明白了更多當時她不為人所知的心情感受。而信的最後也提到她跟大樹現在的關係，她說她還是陸續問過幾次，想知道大樹究竟從我這裡聽到我說些什麼，可是大樹始終不肯講，每次只要一聊到這話題，大樹就只會猛說對不起而已。

不管怎麼樣，我們都開始學著習慣跟喜歡那些以前我們彼此看不順眼的缺點，這是好事，對吧？

信的最後是這樣寫的。

「一點也不。」我回答貓咪，「我很希望她幸福，而她現在很幸福，這樣就好了。」

「可是給她幸福的人不是你。」貓咪又說。

「那又怎樣？」我微笑一下，遠方有夕陽映照，紅橘色的天空拉得我們影子好長。人生大概就是這樣，你永遠不能預知下一秒鐘會發生什麼變化，當然也更不知道那些變化又會爲人生帶來什麼樣的驚奇。

我還在感嘆，忽然後面傳來引擎嘯響，還來不及回頭去看，一輛車速肯定破百的機車從旁邊飛快地衝了過去，嚇了我們一跳。

「媽的找死呀？」貓咪罵了一聲，但我愣了一下後，立即換檔加速，開始往前疾馳，要去追那部車。

「徐雋哲！不要虐待我的車！」他緊緊抓住我的衣服，鬼叫著：「剛剛那是NSR，有名的『直線王子』，你不可能追得上的！」

「追不上也得追！」我迎著驚颷的風，也大叫著：「火紅色的NSR很少見！」

「那又怎樣！停車呀！媽！我不要死！」他的聲音已經夾雜哭聲了。

前方是個路口，我看見號誌剛剛轉成黃燈，但NSR的煞車燈沒亮，看來想衝過去。我一勾，換到六檔，催足油門往前衝。貓咪用力拍打我的安全帽，但也阻止不了我拚命往前飆的速度。

「我要跟你恩斷義絕！」他還在鬼叫。

燈號剛好變成紅燈，終於我看見NSR減速，騎士大概有點猶豫，而就在這時候，我已經追到它後面，然後比它更快一點地衝過馬路。

「瘋了你呀！」貓咪的聲音已經變成哭聲。

「閉嘴，你看！」我緊急減速，手往後照鏡一指。就在貓咪回頭的瞬間，NSR的騎士像被我們激怒了似的，猛力換檔往前衝，立刻又超過了我們。就在被超越的那一秒裡，我們都看見了，那個騎士的全罩安全帽後面，有一撮挑染紅色的長髮紮成馬尾。

「我發現你對騎打檔車又染紅頭髮的女人有變態的嗜好。」停車時，貓咪對我說。

「好像是。」我低聲回答。

粗重的FZR跟修長的NSR同時停著，我們三個人也同時拿下安全帽，那個騎士果然是個女的，一樣個子不高，眼睛也比熒繡小一點，看起來有點憨憨的，不過一身重金屬的裝扮倒是很像漫畫《NaNa》裡的女主角造型。她充滿怨氣地瞪了我們一眼，然後從背上的包包裡拿出皮夾，掏出行照跟駕照。

「不關我的事喔，是他要飆車的。」貓咪對那女孩說。

「是妳自己騎太快的。」我則對她說。

她沒開口，一臉想把我們宰掉的表情，然後跟我們同時接過各自的罰單。就在那個路口的搏命演出後，我們一起被埋伏的警察攔下來，各開一張闖紅燈的罰單。

「你們可以留下彼此的姓名電話，約．約，明天同一個時間跟地點，再在這裡PK一次，我等你們。」最後是警察這樣說。

塞翁失馬，焉知非福，我這樣想，然後開始期待春天的來臨。

妳抬頭看過初春時節的湛藍天空嗎，紅髮女孩？

【全文完】

【後·記】

搖滾樂的靈魂依然活著

在電視上看到馮翊綱老師的一段話，當一個藝術創作類的工作者被問及從事這些工作的理由時，通常他們都答不出一個具體答案，只能用「就是好喜歡、好喜歡」來作答。開始寫第十一個長篇愛情小說前，我試圖給自己一個幹這件事的理由，但卻在腸思枯竭、徒勞無功之際，於偶然發現的電視節目裡得到這個我迫切需要的答案。

是呀，問我幹麼非得寫這些故事不可，我也不知道。套句搖滾樂rocker如阿邦、貓咪，或者現實中確實存在的「自由意識」樂團的團員們的口吻，他們會說：就是很喜歡，不然你想怎麼樣？

於是，我抱著如是心情，寫下這個故事，《FZR女孩》。

大約五年前的這個時候，剛退伍的我在百無聊賴之餘，參考前輩們的寫作筆法，撿拾自己人生中零星片段的題材，變成一篇篇篇幅不等的小說，既自娛也娛人，而後因為將這些小說貼在前輩藤井樹先生的個人板上，結果一不小心投身進了寫作這行業，然後就這麼當了五年的網路小說作者。而當時貼在前輩板上投桃報李的小說，就是〈FZR女孩〉等一系列以貓咪跟阿哲為主角的中短篇。

之所以在五年後重寫這個故事，將之延展為十萬餘字的長篇作品，理由當然不是因為已經找不到東西可寫，事實上每天都還努力在呼吸的每個人，都應該不斷產生屬於自己的新故事。只是很湊巧地，徐雋哲與貓咪這對在我小說中存在最久的難兄難弟剛好符合了我現在的心情，以及最近的一些遭遇。

大約十幾年前，我曾被貓咪拉著，到中興大學去聆聽一場熱門音樂比賽決賽。參賽者表演了些什麼，至今我早已不復記憶，但對於那場比賽的開場樂團卻沒齒難忘，他們是「刺客」，一個將台灣地下音樂帶進市場的搖滾樂團。四個大男生激情忘我的演出讓我為之震懾，從此開啟了十餘年幾乎不曾間斷的我的音樂之路。儘管現在我也已經快要忘記那一晚關於「刺客」演出的詳細內容，但卻因為這個啟蒙，使我歷經了好漫長的音樂旅程，包括因為沒錢消費當客人，而到有樂團駐唱的夜店去打工、跟貓咪分分合合組了好幾次樂團、寫了大約幾十首歌、辦過兩次公開的音樂派對、為自己的小說錄製了非常克難但卻有趣的配樂，最後還差點跟唱片公司簽約要發行唱片。

後來我的樂團解散了，因為樂手們各自堅持的音樂理念並不相合。那是二〇〇六年的十月十八日，我在生日前兩天提前喝醉，為了這個再無法實現的音樂夢想而氣得抓起啤酒杯來砸在自己頭上，嚇壞了酒館裡的每個人。那時我跟酒館的老闆說，生氣不是因為我自己的夢想失敗了，而是只差那麼一點點的距離，我就完成了我最要好的朋友的夢想。

時又隔一年，意外地我成為這家酒館的老闆，經常看著年輕的學生樂團在店裡演出，只是這一年來我幾乎已經不寫歌也不彈吉他，當年那個澎湃激昂的音樂夢似乎就此死去，我曾一度認為，或許往後的數十年裡，恐怕我只能夠像個白頭宮女，對著自己一話再話著早已逝去的當年，或者就像平常一樣，跟「自由意識」的這些朋友們，聊些音樂表演的往事，聽聽他們每個星期四在我店裡的舞台上繼續走他們的路。

但命運的安排總是很奇特的，偶然的一次機會，蒙這些學生樂手之約，我在年底刮著寒風的某個夜晚蹺班，跟他們一起去聽了一場售票演出，結果又看到「刺客」。在滾燙而震撼的搖滾樂聲中，我忽然發現，其實自己的血脈深處裡還有未曾死絕的搖滾樂的靈魂，雖然微末而渺小，但它確實還依然活著。

就像梁山泊上好漢們一樣，只是我們把那種大碗酒、大塊肉的豪氣轉移到市井間、小民裡，打定了主意就不想對誰投降的氣魄，堅持自己踏出的每一步都應該要像效果器踩了下去後，激烈昂颺的破音橫掃全場。或者每一次決定拚了命地要去完成每一個看似微薄但卻意義深遠的夢想前，都要讓自己像大鼓雙踏奮力頓出撼動人心的鼓聲震天一般。那就是一種很搖滾樂的精神。而為什麼要這麼做？沒有理由，只有我實在非常喜歡而已。是呀，我雖然沒有了樂團，但難道不能用玩搖滾樂的精神來寫小說？那說穿了，不就是熱情嗎？

所以我又回頭來寫FZR女孩的故事。徐雋哲與貓咪太具有搖滾樂的精神，無論在哪方面都是。當年未臻成熟的筆力所無法詮釋完整的故事，今天我依然要用也沒有真正進步到哪裡去的能力再鋪排一回。這一回不再是過去的百無聊賴或投石問路，而是我想很用心地把搖滾樂的靈魂放進這個連愛情都談得很慷慨激昂如搖滾樂般的故事裡，努力為了自己堅持的目標而付出，不計成敗、無怨無悔，那就是青春該有的樣子，而只要保有這份熱情，青春其實就永遠不會流走，不會隨時間洪流消褪。搖滾樂的精神正當如此。

後記裡要感謝「刺客」的前輩們，你們的經歷是我寫這篇小說的重要參考，當然更感謝「自由意識」跟「月牙」的每一位成員，是你們讓我知道自己體內那股搖滾樂的靈魂原來還活著。還有賈妹、小亂、月海、阿鴻、小陳、耀達機車行、酒鬼老李、Rich，以及每一位協助我完成這本書的朋友，特別是把車子交出來讓我們拍了不少照片的小強，謝謝你們代我顧店、幫忙處理繪圖軟體、張羅車子的資料……包括修稿的最後一天晚上，煮了鯖魚麵給我吃的廖小龜。

穹風　二〇〇七年十二月廿四日，月光咖啡館

【讀·者·迴·響】

關於勇敢以及熱情

這是個極具張力的故事。

初次閱讀，是在整個故事的結構尚爲薄弱且文字未臻成熟，全文僅有三萬字中短篇的狀況之下，約略見得情節的輪廓，卻勇敢且熱情得令人動容。

然整個故事又被再次審視，重生於穹風筆下，詮釋了一種對於生命對於愛情的執著、對於珍視事物的有所堅持，整個故事趨於完善，現於讀者。

結構上而言，完稿補強了許多細微之處，其中包含了整個故事的背景、樂團的描述，甚或是敘事者的心境等等。枝微末節，或者更正確的來說，次情節，正是營造一部小說所產生的氛圍重要的部分，亦更突現襯托主情節，這也是中短篇小說較無法完整表現的，也加深了一部小說更趨近寫實、更打動人心的要素。再者，穹風的文字從幾年前啼聲初試漸漸淬鍊出自我風格，偶有詩意，凝鍊度也漸足，描述愈見精準。

言及人物性格，《FZR女孩》與穹風的前幾部小說較爲不同的地方是，徐雋哲在故事初始似乎不是那麼勇於追求的人，然而在命運的「偶然」與「必然」之下，熒繡以一種相對強勢的方式出現，賦予他對於所希冀所追求的事物勇敢與熱情。故事起始的輕鬆笑鬧、相遇，一直到高潮的慷慨激昂，再有更觸進內心深處的感動，彷若將一切的人生悲喜濃縮了。最末，留給你一個初春般晴朗的微笑。這不就是最美好的故事嗎？

ailys

總能在故事中找到答案

這一天，我在網路上翻出一篇老故事，我記得第一次讀這篇小說是在三年前的夏天。若不是穹風在網路上預告著新版《FZR女孩》即將上市，我想這篇小說在我忙碌生活中的下場是「丟進資源回收桶也不見得有空拿出來再利用」。

閱讀舊版的〈FZR女孩〉時，我曾經想過，如果哪一天出現一個我很愛的人，剛好他愛的不是我，我會怎麼做？會和故事中的主角一樣，看著對方跟別人幸福，還是不顧一切地把他搶過來？我沒有答案。就這樣，我將問題收著，直到新版《FZR女孩》的出現。

新版《FZR女孩》寫進了新人物新劇情，這對故事本身加分不少，人生本就不該只有愛情故事可以述說。

穹風將新故事交給我時，我正在衡量著該辭職與否，所以當我看到劇情中小狐狸和哥哥吵架之後說的那一句話：「爲什麼人不能是自己的樣子，爲什麼非得按照別人眼裡看出來的樣子活著？」我也順便替自己做了選擇。之於人生，之於愛情，「扭曲了自我之後，就算再怎麼讓別人滿意，我也不是我了吧？」當然這句還是故事裡提到的。

不管是舊版或新版，我承認我喜歡《FZR女孩》這種不完美的結局，有時候女主角也該愛一下不是男主角的那個人，至少她是忠於自己的心情。欣賞徐雋哲能夠忍痛割愛，儘管他心裡可能也後悔不已，我還是認爲他做對了。所以當我再問一次自己：如果哪一天我愛的人不愛我，該怎麼辦？此刻，我已經明白了自己的答案。

感謝穹風在這時寫了新故事，正好讓我塞滿複雜問題的腦袋得以重新思考，讓我的問題得到解答。然而故事終究是故事，眞實的人生還得繼續向前邁進，願大家都能在自己的故事中找到屬於自己的答案。

JNTEN

搖滾樂的精神令人動容

《FZR女孩》是我在兩年半以前，在網路上完整閱讀過的第一篇小說。當時的版本還是個中篇，現在依然靜靜地躺在板上的精華區裡。兩年半後的我，現在則是坐在電腦前，看著新版的《FZR女孩》，想著該如何寫下對於它的一些感想心得。

五年的時間，《FZR女孩》從中篇蛻變成長篇小說。除了多了幾個人物，小說的內容變得更豐富也更完整以外，讓我明顯感受到的，是故事中男主角阿哲的成長，他變得更加成熟了！比起從前，現在的阿哲，更多了一份屬於自己的音樂夢想，對於愛情，除了保有原來的衝勁跟執著，也多了一些成全與包容。關於夢想的部分，則是先前版本所沒有提及的。

小說的主軸，圍繞在所謂的「典型」。每個人心中或多或少都會存在著一個自己理想中的對象，也期待著總有一天，喜歡的人就剛剛好符合自己心中的理想。但是眞有那麼容易嗎？設一套標準，然後將這套標準硬套在自己所愛的人身上，強迫所愛的人去符合這套標準，這難道就是愛情嗎？熒繡爲了維繫一段感情而壓抑，甚至改變自己原有個性的舉動，讓我很不贊同。而大樹硬將自己心中的典型套在熒繡身上的作法，更讓我討厭。兩個人的愛情應該是什麼模樣？阿哲在台中公園對大樹說的那段話或許可以稍微解答，但是我想眞正的答案還是必須由熒繡跟大樹兩人去共同發掘。

《FZR女孩》，很精彩，讓人看得很過癮的一篇長篇小說。在中島美嘉專輯《The End》的搖滾節奏下，我那在故事後段，開始在眼眶打轉的眼淚終於在〈愛太美〉歌詞的字裡行間中落下。感謝穹風，沒有他，我不會體會到在《FZR女孩》故事背後那依舊存在著的搖滾樂精神所帶給我的震撼。

Kelly 二〇〇七年十二月二十六日於苗栗山城

雖遺憾，卻令人再三回味

在大概兩年前，我看了第一版的〈FZR女孩〉，而今有幸，我能夠比月光咖啡館大多數的版友們更早一點點看完第二版。

第一次看完這篇故事，只覺得天底下哪來這麼傻的男人，為了別人的女朋友，拚命成這副德性。看完第二版，我懂了，這就是所謂的搖滾精神。在原始的故事中，著重在阿哲的感情，還有他跟FZR女孩之間的關係，整個故事完全以愛情為主軸；但在第二版裡，我看見了樂團裡的夥伴關係、友情，還有夢想，對於熒繡的感情世界，也有更深一層的了解。好像每本小說都一定要有那麼一段旅行的畫面？不管跟誰，花東一定是必經之地，看見天的遼闊跟海的深遠之後，男女之間的感情就會不知不覺地更進一步，在音樂的催化之下，彼此也心靈相通了起來，那是一個多美的畫面，那是一個多令人嚮往的世界。

我喜歡第一版的粗糙，它真實且直接地表達了阿哲對於熒繡的喜歡，沒有多餘的描述，就只是一個傻傻的大男生，愛上一個有男朋友的傻女孩，可惜他最後還是失敗了。

我喜歡第二版的細緻，它添加了許多第一版沒有的情節，包括那段旅行、大樹的出現、樂團裡的革命情感，讓整個故事情節更緊湊，而且更加精彩，雖然，阿哲一樣是失敗的。

人生中總是有許多的失去，沒有得到過的失去，雖令人心傷，但卻回味無窮，看完這篇小說，讓我有一種淡淡的哀傷，輕輕的感慨，好的作品，就該當讓人反覆咀嚼，不是嗎？

Kinkl

模糊的感動漸漸清晰

忘了第一次看《FZR女孩》是在多久以前，只記得，那時候剛認識穹風的文字，而F

ZR這陌生的英文字引起了我的注意。於是，在看新版的《FZR女孩》之前，我又重新看了一次舊版的，隨著閱讀字數的增加，那份模糊的感動漸漸清晰。

新的版本在看似一樣的故事裡多了些不一樣，原本輕描淡寫帶過的，有了更細膩更深入的描寫，增加的對話也愈鮮明了每個人的個性，新加入的搖滾樂團因素，讓文字裡多了音符的想像，多了爲追逐夢想建立起的眞摯友誼。而看到阿哲騎著FZR，不顧一切闖過紅燈那一段，心也跟著緊繃起來，就在阿哲快被客運撞上的瞬間，我居然有種想閉起眼睛的衝動，就好像自己正身歷其境似的。

「我值得你這樣嗎？」這句話阿哲和熒繡各說過一次，兩次都深深撼動了我。覺得傻嗎？是的，所以我曾經想問出個所以然，問那個讓我說出這句話的人，或是我耳聞也有如此瘋狂舉動的人，卻發現是徒勞無功。後來我不再追問答案，我想，除了當事人，沒有人可以懂得那份我們以爲的瘋狂，不可否認的是，當他說出「值得」這兩個字，不可置信之外，會有感動悄悄打進心裡，甚至飆淚。

或許是受了童話故事的影響，太習慣結局該是幸福美滿，男女主角最終成不了彼此的男女主角，阿哲的祝福讓人心疼，但也因爲他的成熟才讓人更感動。不論結局是快樂的還是悲傷的，愛情都曾經美麗，在穹風的筆下，總能讓我找回那份對愛情已經遺失的瘋狂。

lightsky 二〇〇八年一月五日

國家圖書館出版品預行編目資料

FZR女孩／穹風著.一初版一台北市；商周出版；
家庭傳媒城邦分公司發行；2007 [民96]
面　　公分. --（網路小說；105）

ISBN 978-986-6662-01-0（平裝）

857.7　　　　96025603

FZR女孩

作　　者／穹風
責任編輯／楊如玉

發 行 人／何飛鵬
法律顧問／台英國際商務法律事務所　羅明通律師
出　　版／商周出版
台北市 104 民生東路二段 141 號 9 樓
電話：(02) 25007008　傳真：(02) 25007759
E-mail：bwp.service@cite.com.tw
發　　行／英屬蓋曼群島商家庭傳媒股份有限公司城邦分公司
台北市 104 民生東路二段 141 號 2 樓
書虫客服服務專線：(02) 25007718・(02) 25007719
24 小時傳真服務：(02) 25001990・(02) 25001991
服務時間：週一至週五 09:30-12:00・13:30-17:00
郵撥帳號：19863813　戶名：書虫股份有限公司
讀者服務信箱E-mail：service@readingclub.com.tw
歡迎光臨城邦讀書花園 網址：www.cite.com.tw
香港發行所／城邦（香港）出版集團有限公司
地址：香港灣仔軒尼詩道 235 號 3 樓
Email：hkcite@biznetvigator.com
電話：(852)25086231　傳真：(852) 25789337
馬新發行所／城邦（馬新）出版集團
Cite(M)Sdn. Bhd.(458372U)11, Jalan 30D/146, Desa Tasik,
Sungai Besi, 57000 Kuala Lumpur, Malaysia.
電話：(603)90563833　傳真：(603)90562833

版型設計／小題大作
封面插畫／亞璇
封面設計／洪瑞伯
電腦排版／新鑫電腦排版工作室
印　　刷／鴻霖印刷傳媒事業有限公司
總 經 銷／農學社
電話：(02)29178022　傳真：(02)29156275

■ 2008 年（民 97）1 月 24 日初版　　Printed in Taiwan

定價／200元

城邦讀書花園
www.cite.com.tw

ISBN　978-986-6662-01-0

商周出版

廣　告　回　函
北區郵政管理登記證
台北廣字第000791號
郵資已付，免貼郵票

104 台北市民生東路二段141號2樓

英屬蓋曼群島商家庭傳媒股份有限公司　城邦分公司

請沿虛線對摺，謝謝！

商周出版

書號： BX4105	書名： FZR女孩	編碼：

請於此處用膠水黏貼

商周出版

讀者回函卡

謝謝您購買我們出版的書籍！請費心填寫此回函卡，我們將不定期寄上城邦集團最新的出版訊息。

姓名：＿＿＿＿＿＿＿＿＿＿＿＿＿＿＿＿＿＿＿＿

性別：□男　□女

生日：西元＿＿＿＿＿＿＿＿月＿＿＿＿＿＿＿＿日＿＿＿＿＿＿＿＿

地址：＿＿＿＿＿＿＿＿＿＿＿＿＿＿＿＿＿＿＿＿

聯絡電話：＿＿＿＿＿＿＿＿＿＿　傳真：＿＿＿＿＿＿＿＿＿＿

E-mail：＿＿＿＿＿＿＿＿＿＿＿＿＿＿＿＿＿＿＿＿

職業：□1.學生 □2.軍公教 □3.服務 □4.金融 □5.製造 □6.資訊

□7.傳播 □8.自由業 □9.農漁牧 □10.家管 □11.退休

□12.其他＿＿＿＿＿＿＿＿＿＿＿＿＿＿＿＿＿＿＿＿

您從何種方式得知本書消息？

□1.書店□2.網路□3.報紙□4.雜誌□5.廣播 □6.電視 □7.親友推薦

□8.其他＿＿＿＿＿＿＿＿＿＿＿＿＿＿＿＿＿＿＿＿

您通常以何種方式購書？

□1.書店□2.網路□3.傳真訂購□4.郵局劃撥 □5.其他＿＿＿＿＿＿

您喜歡閱讀哪些類別的書籍？

□1.財經商業□2.自然科學 □3.歷史□4.法律□5.文學□6.休閒旅遊

□7.小說□8.人物傳記□9.生活、勵志□10.其他＿＿＿＿＿＿＿＿＿＿

對我們的建議：

＿＿＿＿＿＿＿＿＿＿＿＿＿＿＿＿＿＿＿＿

＿＿＿＿＿＿＿＿＿＿＿＿＿＿＿＿＿＿＿＿

＿＿＿＿＿＿＿＿＿＿＿＿＿＿＿＿＿＿＿＿

＿＿＿＿＿＿＿＿＿＿＿＿＿＿＿＿＿＿＿＿

請於此處用膠水黏貼